Stundenblätter
Kurzgeschichten für die Sekundarstufe I

Wolfgang Salzmann

Stundenblätter Kurzgeschichten für die Sekundarstufe I

Ernst Klett Verlag Stuttgart

Die Stundenblätter für das Fach Deutsch
werden herausgegeben von:
Wolfgang Salzmann

CIP-Kurztitelaufnahme der Deutschen Bibliothek

Salzmann, Wolfgang:
Stundenblätter: Kurzgeschichten für d. Sekundarstufe I. –
2. Aufl. – Stuttgart: Klett, 1978.
(Stundenblätter für das Fach Deutsch)
ISBN 3-12-927380-8

2. Auflage 1978

Satz: Wilhelm Röck, Weinsberg
Stundenblätter: G. Müller, Heilbronn
Druck: Wilhelm Röck, Weinsberg
Einbandgestaltung: Dieter Zembsch

Inhalt

Einleitung

Die Kurzgeschichte ist heute eine der vielseitigsten und gebräuchlichsten epischen Kurzformen, deren methodisch-didaktischer Stellenwert im Deutschunterricht mehrfach begründbar ist. Wegen ihrer Kürze, ihrer Thematik und der Einfachheit ihrer Sprache ist sie für Schüler der Sekundarstufe I nicht nur leicht verständlich, sondern weckt auch das Interesse am Lerngegenstand Literatur eher, als etwa andere epische Kurzformen wie Fabel und Anekdote das zu leisten vermögen.

Damit soll jedoch nicht gesagt sein, daß grundsätzlich alle Kurzgeschichten von ihrem Schwierigkeitsgrad her für die Behandlung in den Klassen 8–10 geeignet sind. Die für diesen Band ausgewählten Texte gehen von den durchschnittlichen Lernvoraussetzungen dieser Altersstufe aus. Von ihrer Überschaubarkeit her bietet die Kurzgeschichte jedoch nicht nur ein geeignetes Arbeitsfeld für Gliederungsübungen zur Erfassung von Textstrukturen, auch im Lernfeld Aufsatzerziehung bietet sie eine gute Grundlage für die Aufsatzformen Nacherzählung, Inhaltsangabe und literarische Erörterung. Ein weiterer Vorteil liegt darin, daß mit ihr Methoden und Arbeitstechniken eingeübt werden können, auf die man bei der Einführung der Analyse von Prosaganzschriften zurückgreifen kann.

So gesehen kann die Bedeutung der Kurzgeschichte für den Deutschunterricht nicht genug betont werden. Die Vielseitigkeit ihrer methodisch-didaktischen Möglichkeiten wird auch dadurch deutlich, daß die Kurzgeschichte eine wichtige Gelenkstelle beim Übergang von epischen Kurz- zu epischen Langformen einnimmt. Aber nicht nur das, durch ihre Vielgestaltigkeit beweist sie auch die dynamische Lebendigkeit von Literatur, die sich den Forderungen einer normativen Poetik entzieht.

Die vorwiegend unterrichtspraktische Intention der Arbeit liegt darin, die Problematik einer Wesensbestimmung der deutschen Kurzgeschichte mit Hilfe einer Auswahl von 14 Texten aufzuzeigen. Die insgesamt 18 Unterrichtsstunden dieses Bandes dienen dabei als Hilfe und Orientierungsrahmen, aus dem der Unterrichtende seinen Bedürfnissen entsprechend auswählen kann.

Zur Problematik der Kurzgeschichte

Zur Begriffs- und Wesensbestimmung

Es wäre verfehlt, die folgenden Ausführungen als einen lückenlosen Forschungsbericht aufzufassen; wohl aber werden einige grundsätzliche Positionen der wissenschaftlichen Auseinandersetzung mit der Kurzgeschichte aufgezeigt. Zur weiteren ausführlichen Information muß auf die Arbeiten von Ruth J. Kilchenmann und den Forschungsbericht von Bernhard Schulz verwiesen werden. Der Verfasser folgt in wesentlichen Punkten ihren Angaben.

Wie ein Überblick über die jüngste Forschungsliteratur zum Thema Kurzgeschichte zeigt, kann von einer einheitlichen Forschungslage nicht gesprochen werden. Es scheint, daß die vorliegenden Ergebnisse der Beschäftigung mit dem „heute wohl unaufgeklärtesten ‚Typus' literarischen Ausdrucks" (Kilchenmann 1971, S. 9) ebenso „chamäleonartig" (Kilchenmann 1971, S. 10) sind wie der Forschungsgegenstand selbst. Die Kurzgeschichte ist als jüngste literarische Gattung zugleich auch die poetologisch umstrittenste und entzieht sich nach Meinung Höllerers den Forderungen einer normativen Poetik:

„Eine Dichtungsgattung durch eine Definition ganz und gar festlegen zu wollen, wird nie recht befriedigen; besonders dann nicht, wenn es sich dabei um eine junge und schillernde Gattung handelt wie die Kurzgeschichte". (Höllerer 1962, S. 226)

Der gleichen Ansicht ist auch Bender, wenn er sagt:

„Mehr zweideutige als eindeutige Kennzeichen der Kurzgeschichte lassen sich entdecken." (Bender 1962, S. 206) und „Die Kurzgeschichte ist gleisnerisch, sie opalisiert, wie wechselt je nach Örtlichkeit und dem Klima die Farbe. Sie ist das Chamäleon der literarischen Gattung, ein sensibles Reptil, das sich in die Farbe seiner Umgebung tarnt." (Bender 1962, S. 207)

Wenn nun Ruth J. Kilchenmann in ihrer umfassenden Untersuchung der Kurzgeschichte zu dem Schluß kommt, *„daß es keine Kurzgeschichte, sondern nur Kurzgeschichten gibt"* (Kilchenmann 1971, S. 16), scheint die Unklarheit und Verwirrung vollkommen. Den eigentlichen Grund für dieses Dilemma sieht Höllerer in den historischen Bedingungen, aus denen die Kurzgeschichte sich quasi als Notlösung herausgebildet hat. Für ihn ist „die Kurzgeschichte ein Sammelplatz all *der* Eigenarten geworden, die die traditionellen Prosagattungen nur am Rande neu aufnehmen konnten, die sich ihnen aber in der neuesten Zeit mehr und mehr aufdrängten" (Höllerer 1962, S. 226).

Auch Böll äußert sich dazu in einem Werkstattgespräch mit Bienek (1962). Ihm ist die Kurzgeschichte die liebste und reizvollste Prosaform, und er ist der Ansicht, „daß sie im eigentlichen Sinne modern, das heißt gegenwärtig ist, intensiv, straff. Sie duldet nicht die geringste Nachlässigkeit, und sie bleibt für mich die reizvollste Prosaform, weil sie auch am wenigsten schablonisierbar ist". (Bienek 1962)

Die durch die Kurzgeschichte manifestierte „Strukturveränderung des Erzählers" (Doderer 1973, S. IX) hat ihren Ursprung in den Strukturveränderungen der modernen Welt. So gesehen ist die Kurzgeschichte als literarische Ausdrucksform das Resultat der Auseinandersetzung des Menschen mit einer veränderten, modernen Umwelt, deren drängenden Problemen er ausgesetzt, von deren Fragen er herausgefordert ist, in der er sich auf der Suche nach neuen Daseinsformen zurechtfinden muß.

So deutet beispielsweise die Krise des modernen Romans darauf hin, daß heute die großen epischen Formen nicht mehr in der traditionell gewohnten Form möglich sind. Der Grund dafür liegt in einem neuen Wirklichkeits- und Weltverständnis, das einen Wandel in der Funktion und dem Standort des Erzählers im modernen Roman zur Folge hat. Auf der Suche nach dieser neuen Rolle werden Zweifel an der Erfahrbarkeit und Abbildbarkeit von Wirklichkeit zum ständigen Begleiter des Erzählers, der sich der Vielgestaltigkeit und Komplexität einer sich ständig wandelnden Welt gegenüber sieht, die in ihrer Fülle und Disharmonie von ihm nicht mehr umfassend, sondern nur noch ausschnitthaft begreifbar und erzählbar ist. Das äußert sich z. B. in einer episodenhaft fragmentarischen Darstellungstechnik. Oft wird der Roman selbst oder die Problematik der Beschreibbarkeit von Wirklichkeit zum Thema des Romans. „Der Metamorphose der äußeren Welt und des wissenschaftlichen Denkens entspricht eine Metamorphose der Kunstform ‚Roman'." (Welzig 1967, S. 3)

Die erste grundlegende Bestandsaufnahme der Kurzgeschichte gibt Doderer mit seiner erstmals 1953, inzwischen jedoch mehrfach und neuerdings mit einem einschränkenden Vorwort erschienenen Arbeit. Obwohl in manchem überholt, bietet sie eine geeignete Grundlage zur ersten Information, die durch die neueren Untersuchungen ergänzt bzw. korrigiert werden muß. Für eine schnelle, dichte Information eignet sich deshalb die Zusammenfassung am Ende der Arbeit, in der Doderer seine wesentlichen Ergebnisse thesenartig wiedergibt. Auch im Unterricht kann diese Zusammenfassung eingesetzt werden, wenn bei der Erarbeitung einer geeigneten Definition der Kurzgeschichte eine Orientierungshilfe notwendig scheint. Der Klarheit und der Dichte der Aussage wegen ist sie hier ungekürzt wiedergegeben.

„1. Es besteht in Deutschland Uneinigkeit im Gebrauch des Wortes Kurzgeschichte. Grenzverwischungen liegen vor mit den Begriffen: Anekdote, short story, Novelle, Skizze, Erzählung. Diese Unklarheiten haben ihren Grund in der Entstehungsgeschichte des Wortes Kurzgeschichte, in dem geringen Formbewußtsein für literarische Dinge in unserer Zeit und der ungerechtfertigten Ausweitung des Begriffes „Anekdote" in Deutschland nach 1900.

2. Um die Kurzgeschichte ungehindert definieren zu können, mußten hier erst einmal die „Anekdote" und ihre moderne Theorie in ihre Grenzen verwiesen werden. Denn die Verdrängung der Pointe, die Abkehr von der historischen Wirklichkeit und die Vernachlässigung der Kürze der Anekdote – alles nach der modernen Theorie erlaubt, ja sogar als Element ihrer „Kunstform" hervorgehoben – zerstören nach unserer Meinung geradezu die Struktur der Anekdoten-Form. Interessanterweise hat dies auch Wilhelm Schäfer, der Schöpfer der angeblichen „Kunstform" der Anekdote, selber erkannt und die auf ihm aufbauende Theorie abgelehnt, ohne daß man dies seither beachtet hätte. Viele der angeblichen Anekdoten sind entweder Novellen oder Kurzgeschichten.

3. Trotz der weitverbreiteten Anekdoten-Theorie, die einen großen Prozentsatz der deutschen literarischen Kleinwerke für sich in Anspruch nehmen wollte, gibt es schon seit längerer Zeit an verstreuten Plätzen das Suchen und auch das Erkennen einer neuen, bisher noch nicht einreihbaren Form: die Kurzgeschichte.

4. Die Kurzgeschichte stellt sich nun im wesentlichen dar als die künstlerische Wiedergabe eines entscheidenden Lebensausschnittes (eines Schicksalsbruches). Dabei folgt auf eine Zustandsschilderung der Bericht einer Entscheidung, die den Helden trifft oder die der Held trifft.

5. Nach dem Verhalten des Helden können wir zwei inhaltlich – nicht formal – verschiedene Typen bezeichnen. Die Hauptfigur kann sich dem Schicksalsschlag ausliefern (passiv sein) oder sich ihm stellen (aktiv sein). Wo das Schicksal handelt, sprechen wir vom „Handlungstyp", wo der Mensch mit seiner Haltung im Mittelpunkt steht, sprechen wir vom „Haltungstyp".
6. Durch die Definition der Kurzgeschichte ergeben sich Unterscheidungsmöglichkeiten zur Anekdote. Z. B. hat die Anekdote eine Pointe, die Kurzgeschichte einen Bruch. Die Anekdote will historisch sein, die Kurzgeschichte nicht. Die Anekdote muß einen Helden haben, in der Kurzgeschichte kann auch das Schicksal das tragende Motiv sein.
7. Die Kurzgeschichte unterscheidet sich auch von der angselsächsischen short story. Während der englische Ausdruck z.T. Ersatzbegriff für den der Novelle, mehr oder weniger ein Sammelname ist, in dem alle epischen Kleinformen Platz finden, ist die Kurzgeschichte eine ganz scharf umrissene Gattung für sich.
8. Von der Novelle sondert sich die Kurzgeschichte dadurch ab, daß jene einen Problemkreis schließt, diese dagegen ihn nur aufreißt. Dadurch gehen beide Gattungen auch in der Behandlung des Ereignisses, des bildbaren Stoffes und der Ausbildung der Idee und des Leitmotivs auseinander. Weiterhin errichtet die Entwicklungslosigkeit und die Themenverengung der Kurzgeschichte eine klare Scheidewand gegenüber der Novelle.
9. Auch gegenüber der Skizze und der Erzählung, ganz zu schweigen vom Roman, bewahrt die Kurzgeschichte ihre Eigenständigkeit. Während die Skizze nur eine Stimmung wiedergibt, enthüllt sich in der Kurzgeschichte ein Schicksalsschlag. Und während die Erzählung ohne feste Gesetzmäßigkeit Ereignisse addiert, beschränkt sich die Kurzgeschichte auf ein einziges und verarbeitet dieses in einer festen Form.
10. Die deutsche Kurzgeschichte ist geistesgeschichtlich erst seit dem Anfang des 19. Jahrhunderts möglich und erst im 20. Jahrhundert wirklich geworden. Während das 19. Jahrhundert einige wenige Vorläufer aufweist, im übrigen aber alles Wesentliche innerhalb der Kleinformen auf dem Gebiet der Novelle leistete, beginnt die eigentliche Entwicklung der Kurzgeschichte in und durch den Naturalismus. Wir haben drei Gruppen unterschieden: erstens die skizzenhaften (milieubetonte Detailschilderung mit abruptem Schlußteil), zweitens die streng epischen (Rückfindung zu starken Stoffen), drittens die objektivistischen Kurzgeschichten (Reportagestil, Verstecken der Effekte)."

Quelle: Klaus Doderer, Die Kurzgeschichte in Deutschland, Darmstadt [4]1973 (Wissenschaftliche Buchgesellschaft).

Ergänzend und z.T. auch korrigierend nennt Höllerer, von der Intention der Autoren ausgehend, sieben Grundbedingungen für das Entstehen der Kurzgeschichte, verweist aber vorsichtshalber darauf, daß man wesentlich mehr aufstellen könnte.

„Die Autoren gehen darauf aus
Erstens: sich auf die Augenblicksfixierung, und dabei auf die Rolle der Einzelgegenstände, der einzelnen Worte und Gesten zu besinnen.
Zweitens: die Ansichten über Wichtigkeiten und Belanglosigkeiten zu revidieren; an scheinbar belanglosen Situationen entzünden sich die entscheidenden Stellen; sie werden zu Impulsen. Einmalige bedeutende Ereignisse im Stil der Haupt- und Staatsaktion werden dagegen zum Schattenspiel.

Drittens: Geschehnisse erscheinen mehrdeutig, labyrinthisch, und werden dementsprechend andeutend dargestellt.
Viertens: Subjekt und Objekt, Personen und Gegenstände nähern sich in den Momentsituationen aneinander an. Die Objekte bleiben nicht manipulierbar, sondern spielen mit; werden zuweilen grotesk vergrößert und erscheinen übermächtig.
Fünftens: Die Handlung baut sich oft auf einzelne, unverwechselbar festgehaltene, atmosphärisch genau bezeichnete Abschnitte auf, auf Kabinen des Erzählens, die in sich zusammenhalten, die sich gegenseitig stützen oder sich Widerpart geben.
Sechstens: Der Erzähler sucht nicht zu vertuschen, daß er erzählt; er zeigt das ganz offen und desillusionierend. Das führt zuweilen zu stilistischen Arabesken des Erzählens. Es steht im Gegensatz zu Versuchen einiger Novellen, durch Erfinden eines Berichtes, durch das Auffinden einer Chronik das Erzählen zu motivieren.
Siebentens: Unabgeschlossenheit am Anfang und am Ende treten an die Stelle von Streckenberechnungen und Streckenvermessungen mit aufsteigender und abfallender Handlung." (Höllerer 1962, S. 233).

Zur Ortsbestimmung der Kurzgeschichte

Eine Kurzgeschichte ist zwar eine (relativ) kurze Geschichte, aber nicht jede kurze Geschichte ist auch eine Kurzgeschichte. Will man eine Ortsbestimmung der Kurzgeschichte in Angriff nehmen, so muß das Problem der Abgrenzung der Kurzgeschichte zu anderen epischen Kurzformen im Zusammenhang mit der Herkunft der Kurzgeschichte gesehen werden.
Der Begriff „Kurzgeschichte" taucht zum erstenmal im Laufe der zwanziger Jahre unseres Jahrhunderts auf. Allerdings sind Wortbedeutung und Gebrauch in dieser Phase keineswegs klar und eindeutig.

Die Tatsache, daß bis in die fünfziger Jahre keine Übereinkunft in der wissenschaftlichen Diskussion über die Kurzgeschichte erzielt werden konnte, führt Doderer auf drei Gründe zurück:

1. die Entstehungsgeschichte und das geringe Alter dieses Wortes und Begriffes,
2. die Vernachlässigung der Formuntersuchungen in der deutschen Literaturwissenschaft im allgemeinen und hier im besonderen,
3. die Sonderentwicklung des Begriffes Anekdote in Deutschland. (Doderer 1973, S. 8)

Seine und die in der Nachfolge erschienenen Arbeiten gehen davon aus, daß die Kurzgeschichte sich heute als selbständige Gattung anderen epischen Kurzformen gegenüber herausgebildet hat. Bei der Frage nach der Herkunft werden als Vorläufer und Wurzeln drei durchaus gleichrangig aufzufassende Möglichkeiten genannt:

1. die Anekdote
2. die Novelle
3. die short story.

Obwohl auf diesen vorhandenen literarischen Vorläufern aufbauend, vollzieht sich nach Kilchenmann
„der eigentliche Durchbruch der Kurzgeschichte als eigenständige Form ... allerdings erst unmittelbar nach dem

Zweiten Weltkrieg, wohl zum Teil unter dem Einfluß von Amerika und aus dem Osten, zum Teil aber auch, weil die Kurzgeschichte mit ihrer Möglichkeit der dokumentarischen Zeugenaussage über menschliche Wirklichkeit, mit ihrem scheinbaren Lakonismus, mit ihrer gewollten Kunstlosigkeit und Untertreibung, mit ihrer Reduktion von komplizierten Problemen auf äußere Kennzeichen, ihrer Verdichtung und ihrem hinter äußerlicher Unbeteiligtheit verborgenen Engagement dem Lebensgefühl in der Trümmerwelt von 1945 am besten entsprach." (Kilchenmann 1971, S. 187)

Inzwischen hat sich aber vieles verändert, und auch die Kurzgeschichte hat von daher eine Wesensveränderung erfahren. Sie ist – nach Kriegsende – „aggressiv, provozierend, antibürgerlich, erregend; sie ist eine Waffe, die sich gegen bürgerliche Trägheit richtet, gegen Vogel-Strauß-Politik, die Unsitten und verheimlichtes Elend aufdeckt; sie hat nichts gemein mit dem epischen Geborgensein des früheren Romans oder gar der einlullenden Feuilletongeschichte" (Kilchenmann 1971, S. 188).

Damit ist die Kurzgeschichte flexibler Ausdruck der sich stetig verändernden Gegenwart und kann und darf keine feste Form aufweisen.
„Die Kurzgeschichte ist heute durch Wort, Form und Struktur nicht nur eigenständiger literarischer Ausdruck geworden, sondern kann als Ur-Form zeitgenössischen Sagens bezeichnet werden und weist damit in ihrer Bedeutung über die Gegenwart hinaus in die Zukunft." (Kilchenmann 1971, S. 195)

Zur Typologie der Kurzgeschichte

Die beiden wichtigsten Versuche zu einer Typologie der Kurzgeschichte stammen von Doderer (1953) und Höllerer (1967).
Doderer geht bei seinem Ansatz von einem inhaltlichen Kriterium aus. Das wesentliche Unterscheidungsmerkmal ist für ihn „der Mensch als handelndes oder der Mensch als ausgeliefertes Wesen" (Doderer 1953, S. 43).
Da es für ihn bei der Kurzgeschichte um die Darstellung „eines Schicksalsschlages und dessen Reaktion bei dem Betroffenen geht", unterscheidet er zwischen Schicksalsfügung und Schicksalsführung. Übertragen auf die Figur des Helden gibt es dazu „zwei Möglichkeiten der Reaktion des Helden auf die Situation, in der er gestellt wird: entweder er rafft sich auf und versucht, gegen das Schicksal anzurennen (aktives Verhalten), oder er unterwirft sich dem Geschehen (passives Verhalten). Wir unterscheiden nach diesen Gesichtspunkten zwischen dem Handlungs-Typ und dem Haltungs-Typ" (Doderer 1953, S. 44).
Von daher ergibt sich also folgender Zusammenhang:

1. aktives Verhalten – Schicksalsführung – Handlungstyp
2. passives Verhalten – Schicksalsfügung – Haltungstyp

Zur Verdeutlichung führt Doderer entsprechende Textbeispiele an:

1. Handlungstyp
Friedrich Hebbel, „Die Kuh"
Thomas Mann, „Luischen"

Wolfgang Borchert, „Das Känguruh"
2. *Haltungstyp*
Paul Ernst, „Cassander"

Abschließend sagt Doderer jedoch selbst, daß seine Typologie keineswegs dafür gedacht sei, „einen geschlossenen literarischen Gattungskörper aufzuspalten, sondern nur zur Erleichterung der Orientierung zwei Spielarten zu unterscheiden" (Doderer 1953, S. 47). Er will seine Typologie als Anregung verstanden wissen.

Höllerer spricht in seiner phänomenologisch ausgerichteten Analyse neben der Abgrenzung der Kurzgeschichte gegen andere Kurzformen der Prosa auch abschließend von „bezeichnenden Formen" der Kurzgeschichte. Er beschränkt sich auf eine Auswahl und nennt nur drei Möglichkeiten, die noch ergänzt werden können (Höllerer 1962, S. 243).

Höllerer unterscheidet drei Typen:

1. die Augenblickskurzgeschichte
2. die Arabeskenkurzgeschichte
3. die Überdrehungs- und Überblendungskurzgeschichte.

In der Augenblickskurzgeschichte ist der Erzählvorgang auf die Darstellung eines Augenblicks konzentriert.

Das für die Arabeskenkurzgeschichte typische Merkmal sieht Höllerer darin, daß „der Erzähler nicht zu vertuschen sucht, sondern daß er offen und desillusionierend erzählt, was dann zu stilistischen Arabesken des Erzählens führt" (Höllerer 1962, S. 243).

Wichtigste Merkmale sind „zusätzliche Überraschungs- und Kompositionseffekte". „Die Überdrehungsgeschichten lassen in einer alltäglichen Situation eine groteske oder doch abrupte Veränderung eintreten, damit sind sie abgewandelte Augenblickskurzgeschichten". (Höllerer 1962, S. 244)

Dagegen arbeitet die Überblendungskurzgeschichte mit der Ineinanderblendung verschiedenartigen Geschehens, das sich von der Struktur her durch eine Montage von Versatzstücken äußert.

Als Beispiele führt er einige Texte an:
Zu 1:
Wolfgang Borchert, „Die Küchenuhr"
Als Abarten – wo zwei oder mehrere Augenblicke zusammen kommen – nennt er:
Ruth Rehmann, „Der Gast" (Akzente 1956, Heft 1)
Heinrich Böll, „Wir Besenbinder"
Hans Bender, „Die Wölfe kommen zurück"
Zu 2:
Vladan Desnica, „Die Geschichte von dem Mönch mit dem grünen Bart" (Akzente 1959, Heft 2)
Zu 3:
Heinrich Böll, „Unberechenbare Gäste"
Wolfgang Borchert, „An diesem Dienstag"

Als gemeinsames Merkmal der drei Gruppen wird der „andeutende Erzählstil" genannt.

Keiner der beiden dargestellten Typisierungsversuche kann als zufriedenstellend angesehen werden, weil keiner die Variabilität des Phänomens Kurzgeschichte in seiner chamäleonartigen Differenzierung abzudecken vermag. Das Resumee der derzeitigen Forschungslage zeigt sich – wie könnte es anders sein – dem untersuchten Gegenstand vergleichbar. Es gibt eben nicht *die* Kurzgeschichte, es gibt nur Kurzgeschichten.

Nun darf diese Feststellung aber keinesfalls zur Resignation angesichts des vielgestaltigen Forschungsgegenstands führen. Bestimmte inhaltliche und formale Kriterien lassen sich isolieren, die für einen großen Teil der Kurzgeschichten zutreffen, wenn sie auch nicht das gesamte Feld abdecken können. Die literaturwissenschaftliche (und damit auch z.T. die didaktische) Problematik besteht vor allem darin, daß man sich bei der Definition auf den kleinsten noch genügend aussagekräftigen Nenner einigen muß. (Vgl. dazu die 4. Unterrichtsstunde)

Methodisch-didaktische Überlegungen zum Aufbau der Lernsequenz

Für den Deutschunterricht stellt sich nun die schwierige Aufgabe, einen Weg zu finden, der den Lerngegenstand „Kurzgeschichte" in seiner Gesetzmäßigkeit und Variabilität am konkreten Beispiel aufzeigt und gleichzeitig die zu erwartenden Lernvoraussetzungen und Lernschwierigkeiten berücksichtigt. Es wäre didaktisch verfehlt, wollte man die komplizierte und keineswegs abgeschlossene Problematik der wissenschaftlichen Forschungslage zum Lerngegenstand für die Sekundarstufe I machen. Es kann auch nicht darum gehen, die verschiedenen Positionen und Ergebnisse der Forschung in ihrer vielfältigen Gesamtheit zum Lerninhalt des Deutschunterrichts zu machen.
Das Hauptgewicht der Lernsequenz liegt auf einer phänomenologischen Betrachtung der Kurzgeschichte, ohne daß dadurch jedoch die Fragen nach ihrer Herkunft, Verwandtschaft und ihrer Abgrenzung gänzlich ausgeklammert werden. Dort, wo es nach Einschätzung der jeweiligen Lernvoraussetzungen und Lernschwierigkeiten dem Unterrichtenden machbar und auch didaktisch geboten erscheint, kann die Stellung der Kurzgeschichte innerhalb der literarischen Kurzformen und ihre Herkunft anhand von Textbeispielen aufgezeigt werden. (Vgl. die Sequenzvorschläge S. 15f.) Meines Erachtens aber dürften (wegen der oft fließenden Übergänge) diese Probleme das Differenzierungsvermögen vieler Schüler übersteigen, und die Gefahr einer Überforderung ist hier größer als das zu erwartende Ergebnis. Eine Abgrenzung der Kurzgeschichte gegen andere epische Kurzformen sollte mit Hilfe der vergleichenden Textanalyse bei der Anekdote ansetzen, dann kann man darangehen und die Kurzgeschichte gegen Reportage und Novelle abgrenzen. Entsprechende Kombinationen und Vorschläge finden sich auf Seite 16.

Die der Lernsequenz zugrunde gelegte Textauswahl erfolgte im wesentlichen unter drei Gesichtspunkten. Sie will

1. eine Übersicht über mögliche Realisierungsformen der Kurzgeschichte geben
2. die durch die Variabilität bedingte Problematik der Abgrenzung von anderen literarischen Kurzformen verdeutlichen (dieser Betrachtungsaspekt ist jedoch vom Schwierigkeitsgrad her erst für die Klasse 10 geeignet) und

3. auf Texte zurückgreifen, die leicht zugänglich sind (entweder in Lesebüchern oder in preiswerten Anthologien).

Die Anordnung der Texte ist so gewählt, daß sie in einer logischen Kontinuität eine phänomenologische Untersuchung der literarischen Kunstform „Kurzgeschichte“ und ihre Abgrenzung gegenüber verwandten Formen an mehr oder weniger typischen Beispielen ermöglicht. Von daher ergibt sich für die Lernsequenz folgende didaktische Grundkonzeption, die allerdings so offen ist, daß kleinere Sequenzen (Unterrichtseinheiten) aus ihr herausgelöst und separat gehalten werden können:
In Stunde 1 bis Stunde 3 werden die Texte exemplarisch unter den Gesichtspunkten der Struktur, der Thematik und der Sprache behandelt. In einer vergleichenden Textanalyse wird dann in der 4. Stunde eine erste Bestandsaufnahme der gemeinsamen Merkmale der Texte erarbeitet, eine Wesensbestimmung der Kurzgeschichte versucht und eine vorläufige Begriffsbestimmung als Arbeitsdefinition festgelegt.
Die nun folgenden Stunden 5 bis 17 haben zwei didaktische Funktionen.
Die Schüler sollen

1. die Brauchbarkeit der vorläufigen Begriffsbestimmung an einigen Texten überprüfen und
2. die Problematik einer Begriffsbestimmung der Kurzgeschichte in der Arbeit mit Texten erkennen und die Form gegen andere epische Kurzformen abgrenzen.

Die unter diesen Gesichtspunkten erfolgte Textauswahl soll dabei die Vielfalt der Möglichkeiten der Kurzgeschichte dokumentieren.
Die 18. Stunde soll diese Vielfalt in einem wiederholenden Rückblick aufarbeiten und über die Verdeutlichung der Problematik hinaus eine Revision der Begriffsdefinition vornehmen und auf die Gefahr einer normativen Poetik für die Literatur aufmerksam machen.

Sequenzvorschläge – Möglichkeiten und Alternativen

Die hier vorliegende Lernsequenz Kurzgeschichten umfaßt 18 Stunden. Nun wird aber wohl kein Lehrer, der in der Sekundarstufe I das Thema Kurzgeschichte behandeln will, dafür achtzehn oder auch mehr Stunden aufwenden können. Deshalb braucht die hier vorgeschlagene Sequenz auch nicht als eine geschlossene Einheit aufgefaßt und durchgeführt zu werden, sondern kann je nach Bedarf in kleinere Einheiten unterteilt werden. Darüberhinaus läßt die offene Konzeption es zu, daß die Stunden auch separat gehalten werden können.
Die Anzahl der vorgeschlagenen Texte und Stunden ist primär als Angebot und Orientierungsrahmen aufzufassen, durch den die didaktische Vielfalt der Kurzgeschichte mit Hilfe eines breiten Spektrums von verschiedenen Betrachtungsaspekten und Arbeitsmethoden verdeutlicht werden soll.
Aus der vorliegenden Unterrichtsreihe können auch kleinere, thematisch geschlossene Sequenzen herausgelöst werden.

1. Sequenzvorschlag:
Merkmale der deutschen Kurzgeschichte
Stunden 1 bis 4
Stunden 5, 6 und 17

2. Sequenzvorschlag:
Probleme einer Wesenbestimmung der deutschen Kurzgeschichte
Stunden 1 bis 4
Stunden 10, 13 und 18

3. Sequenzvorschlag:
Kurzgeschichte und Reportage
Stunden 1 bis 4
Stunden 15 und 16
in Verbindung mit Reportagen aus den jeweils eingeführten Lesebüchern
Betrachtungsaspekte: Wirklichkeitscharakter – Wirkung auf den Leser – vergleichende Sprachanalyse und Kompositionstechnik;
dazu Artikel „Reportage" aus einem literaturwissenschaftlichen Sachwörterbuch

4. Sequenzvorschlag:
Anekdote und Kurzgeschichte
Stunden 1 bis 4, Stunde 13
in Verbindung mit H. v. Kleist, Anekdote aus dem letzten preußischen Kriege, J. P. Hebel, Der Kommandant und die badischen Jäger in Hersfeld und/oder anderen Anekdoten aus den jeweils eingeführten Lesebüchern;
dazu der Artikel „Anekdote" in einem literaturwissenschaftlichen Sachwörterbuch

5. Sequenzvorschlag:
Kurzgeschichte und Novelle
Stunden 1 bis 5,
Stunden 11 und 12
in Verbindung mit H. v. Kleist, Erdbeben in Chili;
dazu der Artikel „Novelle" in einem Sachwörterbuch der Literatur

6. Sequenzvorschlag:
Erzählperspektiven
Stunden 1 bis 3,
Stunden, 5, 7, 8 und 10

7. Sequenzvorschlag:
Moderne Arbeitswelt
Stunden 13, 15 und 16
in Verbindung mit Leo Kaleck, Ein Baukrank stürzt um, und anderen Texten aus der Arbeitswelt aus dem eingeführten Lesebuch

8. Sequenzvorschlag:
Strukturmerkmale der Kurzgeschichte
Stunden 1 bis 4
Stunden 5, 6 und 17

9. Sequenzvorschlag:
Zur Sprachgestalt der Kurzgeschichte
Stunden 1 bis 4
Stunden 7, 9 und 17

10. Sequenzvorschlag:
Das Verhalten des Menschen in Grenzsituationen
Stunden 2, 5, 6, 7, 8 und 14

11. Sequenzvorschlag:
Besonderheiten der Sprachgestalt und Erzählweise
Stunde 1 – Metaphorik
Stunde 3 – Erzählweise
Stunde 7 – Erzählperspektive
Stunde 8 – Metaphorik
Stunde 13 – Zusammenwirken von Inhalt und Form

Gegenstandsanalysen

1. Stunde:
Herbert Malecha, Die Probe

Die 1955 erschienene Kurzgeschichte eignet sich wegen ihres Mustercharakters vorzüglich als Einführungstext der Unterrichtsreihe. Sie zeigt in Thematik, Struktur, Sprache und Intention die typischen Merkmale der Kurzgeschichte.

Die Geschichte setzt unvermittelt, ohne jede Exposition ein. Mit dem ersten Satz ist der Leser schon ins Geschehen hineingezogen.

Jens Redluff, ein gesuchter Verbrecher, wagt sich nach dreimonatigem Untertauchen wieder auf die Straße. Nur knapp entgeht er einem Verkehrsunfall. Seine Unsicherheit äußert sich in einer „Welle von Schwäche", die in ihm aufsteigt, und nur langsam läßt „das Klopfen im Halse nach". Eine Fülle von Metaphern („Platzregen von Gesichtern", „mitzuschwimmen in dem Strom", „ein Strom flutender Gesichter") veranschaulicht Redluffs Zustand, sein Gefühl des hilflosen Treibens und Getriebenwerdens.

Er flieht vor der Menge in eine kleine Kneipe, wo er seine erste Probe zu bestehen hat. Kaum hat er Platz genommen, betritt eine Zivilstreife die Kneipe und beginnt mit der Kontrolle. Die Angst Redluffs zeigt sich an körperlichen Reaktionen („klammert sich an die Tischkante", „sah wie die Fingernägel sich entfernten", „Schwindelgefühl"). Bei dieser überraschenden Razzia bewährt sich der gut gefälschte Paß. Redluff bleibt unentdeckt.

Redluffs jäher Stimmungsumschwung, die Euphorie, die ihn plötzlich packt, wird durch die Musikkulisse hervorgehoben. Während bei seinem Eintritt der Musikautomat zu „hämmern" begann, setzt nach geglückter Probe die Musik „triumphierend" ein.

Redluff hat jetzt seine alte Sicherheit wiedergefunden; der Menge auf der Straße tritt er selbstbewußt und siegesgewiß gegenüber. Hat er zu Beginn die Begegnung mit der Menge als bedrohlich empfunden, heißt es nun: „Er gehörte wieder dazu, er hatte den Schritt der vielen, es machte keine Mühe mehr." Die Integration ins normale menschliche Leben scheint ihm gelungen.

Das Verhängnis bricht jedoch plötzlich und unverhofft auf ihn herein. Gerade in dem Augenblick, in dem er sich am sichersten fühlt, kommt es zur unvermittelten Selbstentlarvung. Als hunderttausendster Besucher einer Ausstellung nach seinem Namen gefragt, nennt er seinen richtigen Namen und wird verhaftet. Eine höhere Gerechtigkeit liefert ihn dem gerechten Schicksal aus.

Diese überraschende Wendung des Geschehens bildet Erzählhöhepunkt des Textes und Schlußpunkt zugleich; dieses Zusammenfallen von Erzählgipfel und Schluß, das jähe Abbrechen des Textes ist – genau wie der unvermittelte, expositionslose Beginn – charakteristisch für die Kurzgeschichte.

Das dominierende literarische Gestaltungsmittel in diesem Text, auf das unbedingt im Verlauf der Betrachtung eingegangen werden muß, ist die Bildhaftigkeit der Sprache mit ihren Vergleichen und ihrer ausgeprägten Metaphorik (speziell der Wassermetaphorik). Falls die Schüler die rhetorische Figur der Metapher noch nicht kennen, ergibt sich hier eine gute Gelegenheit, sie in Wesen und Funktion zu erläutern. Wichtiger jedoch ist die Erarbeitung der Funktion der Wassermetaphorik in diesem Text, die Stimmungsträger und Indikator für den inneren Zustand der Hauptfigur zugleich ist.

Beispiele der Wassermetaphorik:
Welle von Schwäche
Platzregen von Gesichtern
mitzuschwimmen in dem Strom
ein Strom flutender Gesichter
eintauchen
weiter getrieben
Menschenstrom
im Sog der Menge
Rinnsale
flutete Musik
Scheinwerferlicht übergoß ihn

Vergleiche:
wie ein Kork auf dem Wasser
wie von Holz
wie ein Vertreter
Ihm war, als …
stand wie betäubt

Umgangssprachliche Einflüsse sind anhand folgender Ausdrücke nachweisbar:
Hat es Ihnen was gemacht?
schwach werden
das hätte ihm gerade noch gefehlt
überhaupt raus aus allem
nicht schlecht dafür bezahlt
verdammte Einbildung

Die Struktur des Textes wird am besten durch eine kurze Verlaufsskizze an der Tafel erläutert. Eine solche Verlaufsskizze macht die zwei Erzählgipfel (erste Probe – Selbstentlarvung) deutlich und gibt auch Gelegenheit, die charakteristischen Strukturmerkmale der Kurzgeschichte, den unvermittelten Einstieg ins Geschehen und den unerwarteten offenen Schluß, der oft wie ein Bruch im Erzählgeschehen erscheint, mit den Schülern zu besprechen.
Durch den Wechsel des Schauplatzes (Straße – Café – Straße – Ausstellung) wird das Erzählgeschehen gegliedert. Das Geschehen auf der Straße hat jeweils die Funktion, auf einen Erzählhöhepunkt vorzubereiten und darauf hinzuführen. Das Vorkommen der Wassermetaphorik ist an den Schauplatz Straße gebunden. Das Zusammenwirken von Inhalt und stilistischen Gestaltungsmitteln, das der klaren, übersichtlichen Strukturierung des Textes dient, kann anhand dieses relativ einfachen Beispiels den Schülern verdeutlicht werden.

2. Stunde:
Günther Weisenborn, Zwei Männer

Der Text zeichnet sich durch seine gute Überschaubarkeit aus. Seine Lesedauer beträgt etwa 10 Minuten, das macht ihn zum Vorlesen durch den Lehrer besonders geeignet. Die Lektüre des Textes kann jedoch auch als vorbereitende Hausaufgabe, zusammen mit dem Erarbeiten einer Gliederung, gestellt werden.
Das Thema der Geschichte ist das Aus-

geliefertsein des Menschen an die entfesselten Naturgewalten und seine sittliche Bewährung in dieser aussichtslos erscheinenden Situation.

Eine Naturkatastrophe hat den Besitz des Farmers und seines Peons vernichtet. Eine dramatische Zuspitzung der Situation ergibt sich durch das Herannahen des Parana. Während bis dahin nur die materielle Existenz zerstört wurde, ist jetzt das Leben beider Männer direkt bedroht. Sie, die „tausendmal dem Tod ins Auge gesehen" haben und an deren persönlichem Mut kein Zweifel besteht, erleben nun eine grenzenlose Ohnmacht den Naturgewalten gegenüber. Das Dach, auf das sie sich geflüchtet haben, reißt sie mit. In einem „Zug des Todes" werden sie mitgerissen, einem „undurchsichtigen Ende" entgegen.

Gegen das Ausgeliefertsein an die Naturgewalt hilft kein Auflehnen. Die aussichtslose Lage der beiden Männer wird verdeutlicht durch den lapidaren Satz: „der Farmer gab sich noch eine Nacht". An dieser Stelle kann man die symbolische Aussagekraft der Geschichte herausarbeiten. Mit einiger Vorsicht läßt sich der Parana und das Ausgeliefertsein an ihn als das Ausgeliefertsein an das Leben bedeuten. Es ist jedoch ratsam – weniger wegen der Gefahr einer Überinterpretation, sondern wegen der möglichen Überforderung der Schüler – diese Interpretation nicht zu forcieren.

In dieser Extremsituation angesichts des nahenden Todes werden die Verhaltensweisen der beiden Männer einander gegenübergestellt. Während das Verhalten des Farmers von Verantwortungsbewußtsein geprägt ist – er trägt das ihm bestimmte Schicksal, ohne jedoch in Resignation zu verfallen –, regt sich im Peon der Selbsterhaltungstrieb und gibt ihm die Mordabsicht ein. Die entscheidende Wende, der Gesinnungswandel des Peons, wird ausgelöst durch die symbolische Geste der Teilung der letzten Zigarette. („Als er den würzigen Geschmack des Tabaks fühlte, wurde aus der Feindschaft langsam ein Gefühl der Treue.") Der Peon beschließt, sich für seinen Herrn zu opfern. An dieser Stelle ist es wichtig, zwischen Anlaß und tieferen Gründen zu unterscheiden. Die Teilung der Zigarette gibt den Anstoß, noch einmal über den Mordplan nachzudenken; ausschlaggebend für den Entschluß, sich selbst in Wasser zu stürzen, sind noch andere Gründe (Verlust der Frau; hoffnungslose Zukunft).

Der Farmer hält seinen Peon zurück. Die aufopfernde Geste beider wird belohnt; die Rettung ist zwar zufällig, doch vom ethischen Standpunkt nicht unverdient. Beide haben sich in einer Ausnahmesituation bewährt, haben – den Tod vor Augen – ihren Egoismus überwunden (Peon) bzw. der Versuchung nicht nachgegeben (Farmer).

Der Sprachstil zeichnet sich durch Genauigkeit, Präzision und dem Bemühen um äußerste Sachlichkeit aus; alle Emotionen sind zurückgenommen. Der Kontrast zwischen der dramatischen Begebenheit, die erzählt wird, und der lakonischen, in ihrer Kürze oft schonungslosen Darstellung unterstreicht nur die Spannung und Dramatik des Geschehens.

Beispiele:

„Der Farmer war vernichtet, das wußte er."

„Seine Frau war ertrunken, als sie sich

losließ, um ihre Hände zur Madonna zu erheben. Der Peon hatte drei Blasen gezählt. Ihre Hand hatte die letzte Blase zerschlagen."

„... der Farmer gab sich noch eine Nacht."

„Dieses Donnern war das Todesurteil für die Männer von Santa Sabina."

„Er hatte nichts mehr, was ihn zu leben verlockte."

Ein weiteres Merkmal der Sprache ist die auffällig große Zahl von relativ kurzen Sätzen, die meist parataktisch aneinandergereiht sind. Die dramatischen, sich oft überstürzenden Ereignisse erhalten so ihre adäquate Wiedergabe.

3. Stunde: Wolfgang Borchert, Nachts schlafen die Ratten doch

Auffällig an dieser Kurzgeschichte ist der klar erkennbare dreiteilige Aufbau aus unvermitteltem epischem Eingang, Dialog und offenem epischem Schluß, der von den Schülern schnell erkannt werden müßte.

Die Geschichte spielt gegen Ende des Zweiten Weltkrieges in einer durch einen Bombenangriff zerstörten deutschen Stadt.

Im Mittelpunkt steht ein neunjähriger Junge namens Jürgen. Beim Umreißen der Ausgangssituation wird zunächst die Umwelt des Jungen beschrieben. Diese ist eine hohle, dunkel düstere, leblose „Schuttwüste", eine Welt der Zerstörung. Erste Spannung kommt auf, als es heißt: „Jetzt haben sie mich." In der Folge entwickelt sich aus der Begegnung des Jungen mit dem älteren Mann ein Gespräch, das für den Jungen eine entscheidende Wende herbeiführt. Vorsichtig und ohne aufdringlich zu sein, gelingt es dem Mann, die anfängliche Angst und das ablehnende Mißtrauen des Jungen durch seine geschickten Fragen Schritt für Schritt abzubauen.

Die anfängliche Ablehnung wird zur Unsicherheit und führt dann über ein abwartendes Vertrauen schließlich zur Preisgabe des Geheimnisses, das zugleich die Wende einleitet.

Von besonderer Wichtigkeit ist dabei die Art und Weise, in der der Mann dem Jungen sein Geheimnis entlockt. Vorsichtig und fast beiläufig tastet er sich mit seinen Fragen heran; die scheinbare Belanglosigkeit seiner Fragen ist beabsichtigt. Der Grund für das Verhalten des Jungen soll unauffällig ausgeforscht werden. Nachdem dies gelungen ist, versucht er, eine Verhaltensänderung bei dem Jungen zu bewirken und ihn von seiner sinnlosen Totenwache abzubringen.

Von zentraler Bedeutung ist dabei die Notlüge des Mannes: „Nachts schlafen die Ratten doch." Sie ermöglicht es dem Jungen, seine Totenwache aufzugeben und erfährt von daher ihre Rechtfertigung. Die geschickte, einfühlsame Taktik des Mannes hat sich ausgezahlt.

Die im offenen epischen Schluß dargestellte Umwelt steht im Gegensatz zu der im Eingang geschilderten. Sie ist Zeichen der Hoffnung auf eine neue Einstellung des Jungen zum Leben. Eine vergleichende Analyse des Eingangs und des Schlusses stellt das klar heraus.

Bei der Betrachtung der Sprache dieser Kurzgeschichte fällt auf, daß es sich besonders im Dialog um eine realitätsbe-

zogene, wirklichkeitsnahe Umgangssprache handelt, die in ihrer Wortwahl und Syntax (auffällig viele kurze Sätze) allein durch die dargestellte Situation bedingt und geprägt ist.
Sie ist durch folgende Beispiele aus dem Text belegbar:

Du schläfst hier wohl, was?
Wohl auf Geld, was;
Nein, auf Geld überhaupt nicht.
Was andres eben.
Pah, kann mir denken, was
bist ja ein guter Kerl
oha, denk mal an
Klar, sagte Jürgen.
Wenn ich eines kriegen kann.
Ich will mal versuchen.
Unser Haus kriegte eine Bombe.

Das Kernstück der Erzählung ist zweifellos das Gespräch zwischen Jürgen und dem Mann. Neben der inhaltlichen Seite (Gesprächsführung durch den Mann – Fragestrategien) lohnt sich auch ein Blick auf die formale Komposition, da die Wandlung des Jungen während des Gesprächs auch ihren formalen Niederschlag findet.

1. Die Gesprächsanteile beider Gesprächspartner verschieben sich; Jürgens Anteil am Gespräch hat sich am Ende vergrößert.
2. Gleichzeitig ändert sich auch seine Rolle im Gespräch; von einem reagierenden (antwortenden) zu einem agierenden (fragenden) Dialogpartner.
3. Zu Beginn des Gesprächs sind die Antworten Jürgens kurz, nur auf das Notwendigste beschränkt, Zeichen für seine durch Angst und Mißtrauen bestimmte ablehnende Haltung.

4. Stunde: Merkmale der Kurzgeschichte

Auf der Grundlage der bisherigen nach dem exemplarischen Prinzip ausgewählten und behandelten Texte kann nun eine (vorläufige) Definition der Kurzgeschichte und ihrer spezifischen Merkmale versucht werden. Als Methode bietet sich dafür eine vergleichende Textanalyse unter vorgegebenen Betrachtungsaspekten an.
Ausgangspunkt der Betrachtung ist zunächst einmal eine knappe wiederholende Inhaltsangabe der drei behandelten Texte. Im Anschluß daran müssen Gemeinsamkeiten der Thematik festgehalten werden.
Allen drei Kurzgeschichten gemeinsam ist, daß ein bedeutendes schicksalbestimmendes Ereignis im Leben eines Menschen dargestellt wird. Es wird kein längerer Abschnitt oder eine Episode aus dem Leben eines Menschen dargestellt, sondern ein auf einen kurzen Zeitpunkt begrenzter Ausschnitt, der aber von entscheidender Bedeutung ist, weil er einen Wendepunkt für das weitere Leben markiert.
Bei der Betrachtung der Struktur muß der Schüler erkennen, daß die von der Aufsatzerziehung her gewohnte formale Dreigliederung in Einleitung, Hauptteil und Schluß hier nicht vorhanden ist.
In keinem der drei Texte ist eine sogenannte Einleitung zu finden, die den Leser vorbereitet und zum Hauptgeschehen hinführt. Vielmehr wird der Leser sofort in das Geschehen hineinversetzt. Alle drei Texte besitzen also einen unvermittelten (expositionslosen) Beginn. Die auf diese Weise ausgelöste Span-

nung erfährt eine direkte Steigerung bis zum Höhepunkt, der mit seiner überraschenden Pointe zugleich Wendepunkt ist. Der Schluß ist offen, d.h. der eigentliche Ausgang der Geschichte wird nicht erzählt; er bleibt „offen" und dem Leser zur eigenen Beantwortung überlassen.

Die Texte zeichnen sich aus durch die Dichte der Aussage, durch die Konzentration auf das Wesentliche. Die Sprache ist nüchtern, knapp und sachlich, oft nur andeutend. Verwendet wird eine realitätsnahe, auf die Aussageintention hin funktionalisierte Umgangssprache, die mitunter auch durch Begriffe und Redewendungen aus verschiedenen Fachsprachen ergänzt wird. Die Syntax ist in der Regel gekennzeichnet durch meist kurze, einfach gebaute Hauptsätze oder Satzgefüge. Schachtelsätze sind äußerst selten, es sei denn, sie dienten im Zusammenhang mit der Forderung nach Realitätsnähe der Charakterisierung einer bestimmten Person.

Schwierigkeiten treten u.U. bei der vergleichenden Erarbeitung der Struktur der Kurzgeschichten auf. Bei der Betrachtung der Struktur von W. Borcherts „Nachts schlafen die Ratten doch" könnte die formal gekennzeichnete Dreiteilung des Textes in epischen Eingang – Dialog – epischen Schluß mit einer formalen Gliederung in Einleitung, Hauptteil und Schluß verwechselt werden. Hier genügt ein klärender Hinweis auf den Unterschied zwischen einer formalen Gliederung (in Textabschnitte) und einer inhaltlichen in Erzählschritte. Außerdem ergeben sich von der Funktion her deutliche Unterschiede.

Als Orientierungshilfe kann den Schülern neben den selbst erarbeiteten Merkmalen die Definition Nentwigs ergänzend zum Vergleich gegeben werden:

„Sie (die Kurzgeschichte) gestaltet in einer dem Alltag angenäherten Sprache einen bedeutsamen Ausschnitt oder einen schicksalbestimmenden Augenblick aus dem Leben eines Alltagsmenschen. Dem Ausschnitthaften des Stoffes entspricht ihr Kompositionsprinzip: der unvermittelte Anfang und der ins Offene ausgehende Schluß. Höhepunkt, Wendepunkt und Schluß fallen bei den meisten modernen Kurzgeschichten zusammen." (Nentwig 1971, S. 19)

5. Stunde:
Hans Bender, Iljas Tauben

Die aus der rückschauenden Perspektive eines erlebenden Ichs erzählte Geschichte spielt im zweiten Weltkrieg in Südrußland auf der Krim. Hauptpersonen sind ein Leutnant und sein Bursche (von dem die Geschichte auch erzählt wird). Der Erzählvorgang beschränkt sich nicht auf die bloße Darstellung des Geschehens, er enthält auch eine indirekte Stellungnahme und Wertung.

Im ersten Erzählabschnitt der Geschichte (Vorgeschichte mit dreiteiliger Struktur: Abschnitt 1–3) wird das Verhältnis des Burschen zu *seinem* Leutnant charakterisiert; beide verbindet eine gemeinsame Vorliebe für Tauben. Ganz offensichtlich ist, daß dieses rein äußere Zeichen der Verbundenheit auch für eine gewisse innere Verbundenheit der beiden steht. Dieser Teil des Textes liefert die notwendige Vorinformation und berichtet, wie es immer war.

Das eigentliche Geschehen beginnt mit

der Quartiersuche im Dorf Ossowiny. Der Leutnant und sein Bursche betrachten beide das gleiche Haus; das als Quartier in Frage kommende Haus wird jedoch von beiden unter verschiedenen Gesichtspunkten ausgesucht. Während der Bursche nach den Fensterscheiben sieht, „denn wie die Scheiben waren ihre Bewohner und die Zimmer", starrt der Leutnant, „wie hypnotisiert nach dem Haus", weil er auf dem Dach Tauben entdeckt hat. Mit dem „Hier-bleiben-wir" des Leutnants ist die Quartiersuche schnell beendet. Der Bursche erhält von seinem Leutnant die Anweisung, vier Tauben zuzubereiten. Der Versuch, die Tauben zu bekommen, scheitert jedoch am Widerstand der Mutter und Nikolas. Das Nachgeben des Burschen ist das erste Zeichen eines nun einsetzenden inneren Wandlungsprozesses.

Der beginnende Konflikt zeigt sich ganz deutlich in der Reaktion des Burschen: „Ich liebte und haßte diese Tauben." Mitgefühl und Verständnis stehen der Ausführung des Befehls gegenüber. Die Nachricht von der Gefangenschaft Iljas durch die Deutschen verändert jedoch die Situation. Für die Befreiung Iljas will die Mutter alles geben, „was der Herr Offizier sich wünscht". Dazu zählen auch Iljas Tauben, deren Bedeutung dadurch noch einmal hervorgehoben wird, daß sie in der Aufzählung der angebotenen Dinge an letzter Stelle genannt werden. Schon hier ahnt der Bursche die betrügerische Absicht des Leutnants („Sie verstand die Worte, aber sie verstand nicht den Ton der Worte".)

Der Versuch, den Leutnant durch Zureden umzustimmen, bringt dem Burschen nur die spöttische Bemerkung „Du Idealist" ein. Das Bekenntnis „Ja, ich war ein Idealist" und die „verrückten Ideen in der Nacht, am Morgen und auf der Fahrt nach Baksi" verdeutlichen die innere Wandlung des Burschen, der das Verhalten des Leutnants als eine Gemeinheit empfindet.

In Baksi angekommen, wird der Gegensatz, der sich zwischen dem Burschen und dem Leutnant aufgetan hat, offenkundig. Während der Bursche sich mit Nikola auf die Suche nach Ilja begibt, macht der Leutnant überhaupt keinen Versuch, sein Versprechen einzulösen. Er geht ins Verpflegungsdepot und betrinkt sich. Die Erinnerung an sein Versprechen weist er barsch zurück. Nach der Rückkehr wird der Bruch zwischen beiden endgültig besiegelt. Der Leutnant verzehrt ohne Gewissensbisse Iljas Tauben, die als Gegenleistung für Iljas Befreiung gedacht waren, während der Bursche keinen Appetit hat und sich demonstrativ weigert, von den Tauben zu essen.

Am nächsten Morgen wird der Leutnant auf dem Wege in die Stellung erschossen. Obwohl im Schlußsatz Partisanen für seinen Tod verantwortlich gemacht werden, läßt die Formulierung „hieß es" den Schluß zu, daß sein Tod als Rache und Strafe aufzufassen ist und nicht Partisanen dafür verantwortlich sind.

Zusammenfassend läßt sich sagen, daß der Text in Sprache, Struktur und Thematik die typischen Merkmale der Kurzgeschichte erfüllt.

Die verwendete Sprache ist eine sachlich nüchterne, schnörkellose Umgangssprache. Dies äußert sich in der Wortwahl und in der Verwendung kurzer, einfach

gebauter Sätze. Komplizierte Satzgefüge fehlen.
Merkmale und Einflüsse der Umgangssprache bestimmen die Stilebene des Textes. So zeigt z.B. im dritten Abschnitt die stilistische Unbeholfenheit von Wortwiederholungen aufeinander folgender Satzanfänge mit „Ich" ein umgangssprachliches Stilniveau an. Eine andere Textstelle verweist durch ihre syntaktische Struktur ebenfalls auf die Umgangssprache: „Das war ein vergittertes Tor, daneben eine Baracke, ein Posten, einer vom Wachbataillon, ein Dicker in schmuddeliger Uniform, in Schnürschuhen und Gamaschenhosen."
Unverbundene, verkürzte Sätze überwiegen im Text.
Die Struktur des Textes ist gekennzeichnet durch einen unvermittelten Beginn, eine Steigerung der Spannung bis zum Höhe- und Wendepunkt und einen überraschenden Schluß.
Der Text stellt ein Ereignis im Leben zweier Menschen dar, das zwar nicht so sehr durch äußere Dramatik geprägt ist, für die handelnden Personen aber zu einem entscheidenden Wendepunkt wird. Der Bursche löst sich aus der Kumpanei mit dem Leutnant, und zeigt – vielleicht das erstemal während des Krieges – mitfühlendes Verhalten und läßt sich von fremdem Schicksal anrühren. Für den Leutnant wird diese Episode schicksalhaft; er führt selber seinen Tod herbei. Eine Begebenheit wird zum Prüfstein für zwei Menschen; jeder muß zeigen, was in ihm steckt.

6. Stunde:
Ilse Aichinger, Die geöffnete Order

Das Geschehen, das aus der Perspektive des Hauptbeteiligten erzählt wird, ist zeitlich nicht genau datiert, es ist jedoch anzunehmen, daß es sich während des Zweiten Weltkrieges abspielt.
Wie bei den anderen Kurzgeschichten setzt auch dieser Text ohne lange Vorrede und Einführung ein; lediglich die Ausgangssituation wird kurz umrissen. Die Lage an der Front ist angespannt, die Gefahr einer Meuterei nicht auszuschließen. In dieser Situation erhält ein Melder, der eine Order überbracht hat, den Befehl, eine neue Order zu einer anderen Abteilung zu bringen.
Das Verhör, das man mit ihm anstellt, als er die Meldung abgibt, und die Tatsache, daß man ihm einen Begleiter mitgibt, erwecken sein Mißtrauen. In einem unbeobachteten Augenblick öffnet er die Order: sie lautet auf seine Erschießung. Nach diesem ersten Erzählabschnitt kommen die Ereignisse in Bewegung. Um sein Leben zu retten, beschließt der Melder, den Fahrer zu töten – sein Versuch mißlingt. Bevor er seinen Revolver abdrücken kann, wird er von einer feindlichen Kugel getroffen. Mit einer List gelingt es ihm schließlich, die Order loszuwerden; er übergibt sie seinem Begleiter mit der Bemerkung, sein Rock sei durchgeblutet.
Auf dem Kommando angekommen, versucht er in einem unbeobachteten Augenblick zu fliehen. Beim Aufstehen reißt jedoch der Notverband, die Wunde bricht wieder auf, und es heißt: „Sie öffnete sich mit der Vehemenz eines verborgenen Wunsches."

Dieser Vergleich verweist auf den symbolischen Gehalt, der im Bild der aufbrechenden Wunde liegt. Aus der Tiefenpsychologie kennen wir, daß eine Schuld, ins Unbewußte abgedrängt, doch immer wieder nach außen sich Bahn bricht und der Schuldige unbewußt eine Bestrafung geradezu herbeiwünscht. Die Wunde, die aufbricht, steht für die Schuld, die in irgendeiner Form nach außen strebt. Der Tod scheint nur eine gerechte Strafe zu sein für die Schuld, die er auf sich geladen hat.
Die Fieberphantasien des Verwundeten leiten den Erzählhöhepunkt ein. Er sieht, wie sie seinen unschuldigen Begleiter zur Exekution schleppen. Vor dem Feuerbefehl erwacht er und sieht seinen Begleiter vor sich. Den Unterschied zwischen Traum und Realität erkennt er erst, als er einen Offizier vom Stab bemerkt. Nun bekennt er, daß er selber die Order zu überbringen hatte. Diesem vorläufigen Erzählgipfel folgt eine überraschende Schlußwendung. Die Mitteilung der Order war lediglich eine chiffrierte Botschaft und nicht wörtlich zu verstehen.

Eine Einordnung des Textes in die Gattung Kurzgeschichte ist problemlos. Thematik, Struktur und Sprache entsprechen den in der 4. Stunde aufgestellten Kriterien.

1. Die Begebenheit, von der die Geschichte erzählt, greift tief in das Leben der Hauptperson ein, bringt ihn zu Handlungen, die er vorher vielleicht nicht für möglich gehalten hätte, erweist sich aber schließlich als Bewährungsprobe, die er besteht (rechtzeitiges Geständnis).
2. Die Struktur ist eindeutig: unvermittelter Beginn, Steigerung der Spannung bis zum Höhepunkt, der gleichzeitig überraschender Wendepunkt der Erzählung ist.
3. Die verwendete Sprache ist nüchtern, sachlich und weist außer einigen Bildern und Vergleichen keine nennenswerten rhetorischen Besonderheiten auf. Wortschatz und Syntax entsprechen mit einigen Ausnahmen („nichts in der Natur nahm die Grenzhaftigkeit zur Kenntnis“, „die Kontur des Bewußten verfließt in der Finsternis“) der der Umgangssprache.

Es empfiehlt sich deshalb bei der Besprechung des Textes, den Schwerpunkt auf Inhaltsaspekte zu legen und die formale Betrachtung auf eine genaue Textgliederung zu beschränken.

7. Stunde: Marie-Luise Kaschnitz, Popp und Mingel

Im Mittelpunkt der Geschichte steht ein sich selbst überlassenes Schlüsselkind, das – von der Wirklichkeit enttäuscht – sich in seiner Phantasie eine Wunschfamilie schafft. Der Verlust dieser Wunschfamilie (die richtige Mutter wirft die Puppen, die in der Vorstellung des Jungen den Platz der richtigen Eltern eingenommen haben, in den Müll) bewirkt einen Schock bei dem Jungen, der sich in einer Affekthandlung (halb bewußte, halb unbewußte Brandstiftung) entlädt. Das Geschehen wird rückschauend von dem Jungen selbst erzählt,

der noch mittelbar unter den Nachwirkungen der Ereignisse steht.
Die Schüler sehen sich hier mit einem Problem konfrontiert, das durchaus in ihrem unmittelbaren Erfahrungshorizont liegt. Die Erlebbarkeit und Nachvollziehbarkeit der dargestellten Ereignisse ermöglichen eine Identifikation mit dem Ich-Erzähler und erregen so das Interesse der Schüler.
Ausgangspunkt der Besprechung im Unterricht ist die Gegenüberstellung von Phantasie und Wirklichkeit, von Traumleben und häuslicher Realität. Anhand einer solchen Gegenüberstellung lassen sich die Unterschiede zwischen wirklicher Familie und Wunsch- oder Ersatzfamilie plastisch herausarbeiten.
Während der Junge in seiner wirklichen Familie als Einzelkind oft allein zu Haus und sich selbst überlassen ist, weil beide Eltern arbeiten und kaum Zeit für ihn haben, ist er in seiner Wunschfamilie nicht allein; er hat zwei Geschwister, und die Eltern Popp und Mingel kümmern und sorgen sich liebevoll um ihre Kinder. Das sich selbst überlassene Schlüsselkind sucht aus Enttäuschung die fehlende Geborgenheit in seiner Ersatzfamilie, die all das besitzt, was er bei seinen Eltern vergeblich sucht.
Eine vollständige vergleichende Gegenüberstellung ergibt noch eine ganze Reihe solcher Gegensätze. Während er z. B. von seiner Mutter sagt, daß sie ins Büro gehe, „weil sie da unter Menschen wäre und weil sie es so langweilig fände, den ganzen Tag zu Hause zu sein", heißt es von Popp und Mingel, daß sie „den ganzen Tag zu Hause sitzen und auf ihre Kinder warten". Popp und Mingel spielen auch mit ihren Kindern, während z. B. seine Mutter „keine Gesellschaftsspiele mag" und das Vorlesen sie anstrengt, „weil sie den ganzen Tag Gedrucktes und Geschriebenes vor Augen hat".
Der Verlust der Ersatzfamilie hat weitreichende Auswirkungen.
Ein Ersatz läßt sich nicht mehr schaffen, der Verlust dieser Illusion bedeutet gleichzeitig das unwiderrufliche Ende eines Lebensabschnittes. Die Kindheit ist zu Ende; der erste Schritt ins Erwachsenenleben muß getan werden. Das zeigt sich in der veränderten Einstellung zur Wirklichkeit, vor der nicht mehr geflohen wird mit Hilfe der Phantasie, sondern die resignierend akzeptiert wird. Der Entschluß des Jungen, sich eventuell den „Jungens von der Bande", einer recht fragwürdigen Halbwüchsigengruppe anzuschließen, steht für den Beginn eines neuen Lebensabschnitts.
Die scheinbar versöhnliche Aussage des Jungen „und überhaupt habe ich nichts gegen meine Eltern, die sind, wie sie sind, und ich mag sie gern" bedeutet letztlich nur, daß der Junge lernt, sich mit den Gegebenheiten abzufinden, da sie nun nicht zu ändern sind. Der Text ist trotz allem eine massive Kritik an den Eltern und ihrer Einstellung zum Kind.
Bei der Suche nach strukturellen Merkmalen der Kurzgeschichte stoßen wir auf einige Schwierigkeiten: die rückschauende Erzählperspektive und die Verflechtung verschiedener Zeitebenen ergeben keinen linearen Erzählstrang. Unverkennbar ist jedoch der unmittelbare expositionslose Beginn. Die Steigerung zum Höhe- und Wendepunkt ist durch die (oben erwähnte) Verflechtung

der Zeitebenen mehrmals unterbrochen. Des weiteren stellt sich die Frage, ob oder inwieweit hier ein offener Schluß vorliegt. Einmal deutet der letzte Satz auf das Ende der Kindheit hin und ist von daher gesehen ein Abschluß. Offen ist der Schluß aber im Hinblick auf die Richtung, die die neue Entwicklungsphase des Jungen nehmen wird. Dadurch bleiben eine Reihe von Fragen unbeantwortet, d.h. offen. Einige dieser Fragen, die von Schülern schnell erkannt werden, sind z.B.: Wie wird der Junge mit der veränderten Situation fertig, wie meistert er sie, welche Konsequenzen ziehen die Eltern aus diesem Ereignis?

Die Sprachgestalt des Textes ist im wesentlichen bestimmt durch die Erzählperspektive und die Aussageintention des Verfassers. Die Ausdrucksweise ist die einer realitätsnahen Umgangssprache. Die assoziative Koppelung von gegenwärtigem und vergangenem Geschehen, von Erinnerung und Vorausdeutung manifestiert sich in der Anwendung verschiedener Modi und Zeiten. Eine entsprechende Analyse findet sich in Hinweise 4, dem Lehrerheft zum Lesebuch Wort und Sinn 4, die hier gekürzt wiedergegeben wird.

Im *Präsens* steht,

1. was immer ist (was war, was ist, was sein wird):
   sie hängt mir den Schlüssel um den Hals
   das strengt sie an
   wenn mein Vater den SA-Mann sieht, sagt er …
2. was in diesem Augenblick ist, da der Junge berichtet:
   sie fragen mich alle
   sie begreifen nicht
3. was besonders eindringlich und lebendig ist:
   Das gesamte Spiel mit Popp und Mingel steht im Präsens.

Im *Imperfekt* steht das Zuständliche zum Zeitpunkt vor dem Unglück:
ich war an dem Tag müde
das Treppenhaus war dunkel
es war still
keiner ging

Im *Perfekt* steht, was sich als Besonderes am Nachmittag vor dem Unglück eingeprägt hat:
daß ich ein paarmal gegähnt habe
die Nixe hat ein bißchen geleuchtet
der Hund hat geknurrt

Konjunktiv und *Konditional* sind Aussageweisen einer Situation, die für den Jungen noch nicht realisiert, aber unmittelbar bevorstehende Zukunft ist.

Gleich der erste Satz weist in seiner syntaktischen Struktur auf Gebrauchsformen der Umgangssprache hin: „Noch immer fragen mich alle, wie das gekommen sei, neulich, am Tag vor Allerseelen, und warum ich das getan habe.“ Besonders auffällig ist die Häufigkeit der Satzverknüpfung mit „und“, die als dominierendes stilistisches Merkmal den gesamten Text kennzeichnet. (Hier ergibt sich die Möglichkeit einer vergleichenden statistischen Analyse.) Die Zahl der syntaktischen Varianten (Satzmuster) ist dadurch gering. Der überdurchschnittlich hohe Anteil von Prädikats- und Satzreihen (die zum überwiegenden Teil durch die Konjunktion *und* miteinander verbunden sind) hat im wesentlichen zwei Gründe:

1. Sie ist Zeichen des noch nachwirkenden Schocks, der sich in der Erzählweise niederschlägt.
2. Sie ist u. a. Zeichen einer stilistischen Anpassung an eine kindgemäße Sprache, in der die syntaktischen Varianten noch gering sind.

Die bei Kindern eines bestimmten Alters häufige Satzverknüpfung mit der Konjunktion *und* verweist vor allem darauf, daß Geschehen (bzw. Handlung) nicht so sehr als kausales Wirkungsgefüge, sondern vorwiegend als chronologische Ereignisfolge verstanden und mitgeteilt wird. Aus diesem Grund ist auch die Zahl der konjunktionalen Gliedsätze relativ gering.
Ein weiterer Betrachtungsaspekt liegt in der Behandlung der Erzählperspektive; dabei kann auf die Besonderheiten des Ich-Erzählers eingegangen werden.
Wenn man ausführlich auf Struktur und Sprachgehalt des Textes eingehen will, sind für die Gesamtbetrachtung zwei Stunden erforderlich.

8. Stunde:
Herbert Eisenreich, Der Weg hinaus

Auch in diesem Text wird das Geschehen aus der Perspektive des Betroffenen erzählt, allerdings nicht in der Ich-Form. Dargestellt wird das mißlungene Comeback eines alternden Fußballstars, dessen unrühmlicher Abgang durch ihn selbst und seine Umwelt bedingt ist. Diese aktuelle Thematik findet zweifellos das Interesse der Schüler.
Da die Geschichte von der Erzählstruktur her relativ komplex ist, sollte am Anfang der Stunde geklärt werden – am besten mit Hilfe einer kurzen Inhaltsangabe –, ob die Schüler den Gang der Ereignisse richtig verstanden haben und entsprechend wiedergeben können.
Als nächster Schritt der Betrachtung sollte das Vorhandensein zweier Zeit- und Geschehensebenen herausgearbeitet werden. Als Aufhänger kann hier der Hinweis auf den Titel dienen. Der Weg hinaus bedeutet erstens den Weg vom Spielfeld in die Kabine und zweitens das Ende der Karriere als gefeierter und bewunderter Star.
Spiel und Leben werden durch die Verschränkung zweier Erzählebenen miteinander gekoppelt. Unmittelbares Geschehen der Gegenwart und Rückblick auf vergangene Ereignisse stehen, bedingt durch die Technik der Zeitraffung und Zeitdehnung, in einem Spannungsverhältnis zueinander, da der Gegensatz zwischen dem Zeitraum, von dem erzählt wird (erzählte Zeit) und der Zeit, den diese Erinnerungen einnehmen (Erzählzeit), auf die Spitze getrieben ist.
Die Erzählzeit umfaßt den Zeitraum, den der des Feldes verwiesene Spieler für den Weg vom Spielfeld zum Kabineneingang benötigt. Während dieser Zeit läßt der Spieler das Spiel und gleichzeitig sein Leben noch einmal Revue passieren.
Das Spiel war für ihn von besonderer Bedeutung: „Und er allein wußte, daß es diesmal um mehr als nur um den Sieg seiner Manschaft ging, daß er in Wahrheit um sein Leben spielte.“
Der Weg aus dem Spiel hinaus wird für ihn zu einem Spießrutenlaufen zwischen „Pfui-Salven“ und „Haßexplosionen“, und er macht die bittere Erfahrung, „daß es dieselben Münder waren, die früher

all die stolzen Jahre lang, allsonntäglich ihren Beifall über ihn ergossen hatten." Die Tragik besteht für ihn darin, daß er in dem entscheidenden Spiel um den Titel seinen Gegenspieler, der all das hat, „was auch er einst gehabt hatte, all das, was die Leute früher an ihm bewundert hatten", nicht „halten kann". Die Tatsache, daß der andere besser ist als er, „hätte er noch ertragen", denn „er war kein schlechter Verlierer". Was er aber nicht verkraften kann, ist das Verhalten der Zuschauer. Er fühlt sich fertiggemacht von den „Hyänen rundum", die ihn auspfeifen und dem anderen zujubeln; seine Selbstkontrolle wird gelähmt.

Das Foul, das den Feldverweis nach sich zieht, zeigt sich denn auch nicht als eine kontrollierte Handlung, sondern als eine Affektreaktion auf eine für ihn unerträgliche Situation („die hatten ihn fertiggemacht mit ihren Pfiffen, ihrem Gelächter und Gejohle, wenn der andere ihn stehen ließ und mit dem Ball davonzog" ... „da fuhrs's ihm in das Bein, und das Bein trat hin, ...".)

In diese Ebene des unmittelbaren Geschehens ist ein Rückblick auf sein Leben als Fußballer eingebettet. Auslösendes Moment ist der Vergleich mit seinem 10 Jahre jüngeren Gegenspieler. Alter, unsolider Lebenswandel und eine verständnislose Frau – all das spielt für seinen Abstieg eine Rolle. Im Gegensatz zu Rudi, der „frühzeitig Schluß gemacht" hatte und inzwischen ein „feiner Herr mit einer Mordsgage" geworden war, hatte er es nur zu einem immer schlechter gehenden Kaffeehaus gebracht. Nun hängt alles vom Gelingen seines Comebacks im ersten und entscheidenden Spiel vor dem eigenen Publikum ab, von dem es heißt, daß es das schlimmste sei, „wenn ein Comeback mißglückte". Für ihn ist dieses Spiel ein Schicksalsspiel, von dem seine weitere Karriere als Fußballstar entscheidend abhängt. Das dargestellte Ereignis ist also ein Wendepunkt in seinem Leben. Die schicksalshafte Bedeutung wird noch einmal deutlich im letzten Satz, wenn es heißt, „den Weg zurück aufs Spielfeld ihm für immer verbauend". Es gibt also kein Zurück mehr.

Was die Struktur des Textes angeht, so erkennen wir in ihr die Merkmale der Kurzgeschichte: unvermittelter Beginn – Steigerung bis zum Höhe- und Wendepunkt – offener Schluß.

Die Schachtelung in der Zeitstruktur des Erzählvorgangs läßt sich auch graphisch verdeutlichen, indem man den Wechsel der Erzählebenen durch zwei Linien verdeutlicht, die unmittelbares Geschehen der Gegenwart und Erinnerung an die Vergangenheit darstellen, wobei man die Erinnerung noch einmal unterteilen und dann auch von drei Ebenen sprechen kann:

1. Erinnerung an die vergangene Karriere als gefeierter Star
2. Erinnerung an das unmittelbar vorausgegangene Spielgeschehen
3. Unmittelbares Geschehen der Gegenwart (Spielfeld)

Diese Graphik kann von den Schülern im Gruppenunterricht auch selbständig erarbeitet werden. Es genügt aber auch, wenn man diesen Zusammenhang an den ersten drei Textabschnitten nur exemplarisch erarbeitet und die Fertigstellung als Hausaufgabe gibt.

Beispiele: Die Verflechtung der Geschehensebenen

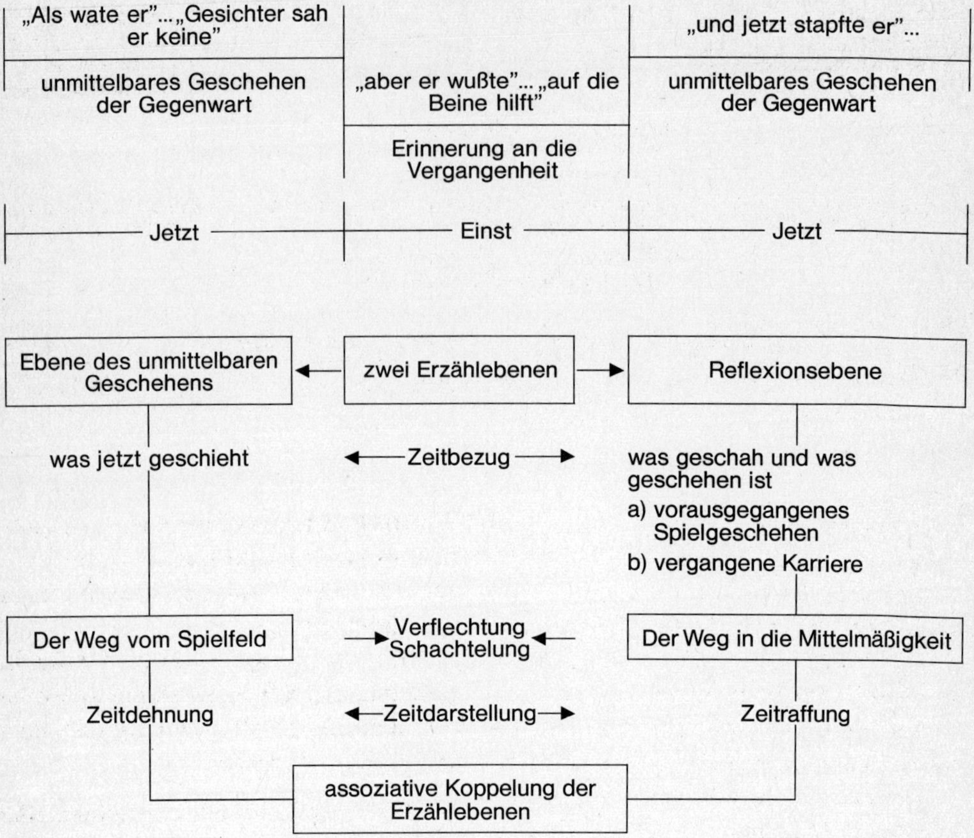

Die Verknüpfung der beiden Erzählebenen, die durch die Begriffspaare Spiel und Leben, Geschehen und Reflexion, Vergangenheit und Gegenwart gekennzeichnet sind, geschieht durch eine assoziative Koppelung zwischen Innenwelt und Außenwelt, zwischen äußerem Ereignis und Reflexion. Diese Koppelung verläuft aber nicht nur in einer Richtung. Einmal wird das unmittelbare Geschehen zum auslösenden Moment eines Rückblicks auf Vergangenes, das andere Mal wirken diese Erinnerungen als assoziative Rückkoppelung zum unmittelbaren Geschehen. Die Nahtstellen finden sich dort, wo sich ein Berührungspunkt zwischen Vergangenheit und Gegenwart ergibt (Beispiel: Verhalten der Zuschauer).

Bei der Betrachtung der Sprachgestalt sind Umgangssprache und z. T. auch Reportagestil in Wortwahl und Syntax unverkennbar. Die Bildhaftigkeit findet ihren Ausdruck in der Verwendung von Metaphern und Vergleichen.

Eine weitere Möglichkeit bietet folgende graphische Anordnung:

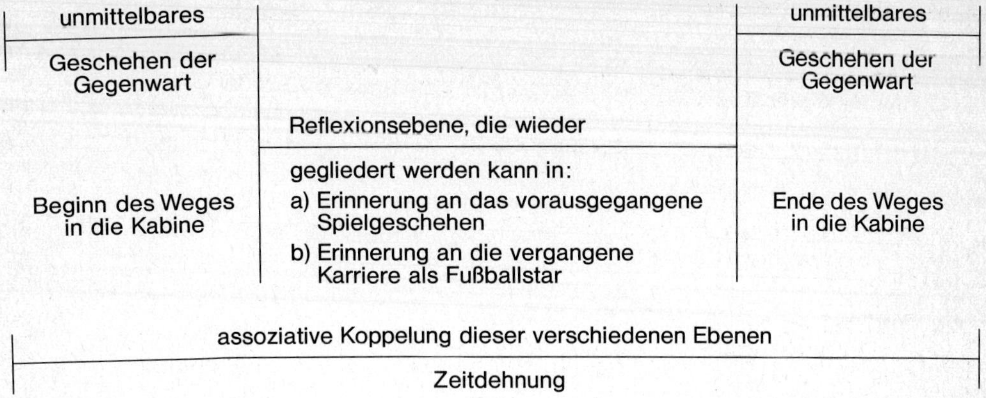

Vergleiche:
- als wate er in Schlamm
- wie mit Blei gefüllt
- wie gegen einen Orkan kämpfend
- wie ein leckes Schiff
- wie eiserne Pfeilspitzen
- wie ein blindgeschlagener Boxer
- wie ausgewechselt
- wie ein Tropfen Wasser
- wie ein Mädchen

Metaphern:
- Pfui-Salven
- Haß-Explosionen
- Wellenlinien greller Pfiffe
- Sturzflut von Geschrei
- Schleuse der Empörung
- Brei von Lärm
- die Mauer greifbaren Lärms etc.

Um der Geschichte atmosphärische Dichte zu verleihen, ist die Sprache stark mit Fachtermini aus dem Sportjargon angereichert, z.B. Comeback – Zweikampf – Kopfstoß – Läufer – fair – hechtender Tormann – Formkrise – Dribbling – Reserve – Sturm – Innentrio – Flügelstürmer – Angriff – Verteidigung – Mordsgage usw.

Der Text ist sprachlich sorgfältig durchgestaltet: auffälliges Merkmal ist vor allem die häufige Verwendung folgender rhetorischer Figuren:

1. der Anapher (mehrere aufeinander folgende Sätze oder Teilsätze beginnen mit dem gleichen Wort bzw. mit den gleichen Worten)
2. der Inversion, die zur Hervorhebung bestimmter Sachverhalte gedacht ist (z.B. „Die aber, die neben und über dem Kabineneingang standen ...")
3. des Parallelismus (bei dem kunstvollen Periodenbau wird meist das Prinzip der parallelen Reihung von Satzgliedern und Satzteilen angewandt; z.B. „Wenn er, den Ball am Fuße ...").

Alle drei rhetorischen Figuren dienen der Intensivierung und Vertiefung des

Inhalts. Sie sollen der Aussage Nachdruck verleihen und sie besonders hervorheben.

Zur Analyse der sprachlich-rhetorischen Besonderheiten bieten sich der 2., 3. und 9. Textabschnitt an.

„Hinter ihm war das unterbrochene Spiel wieder angepfiffen worden, das lenkte die meisten Augen von seinem Hinausgehn ab. Die aber, die neben und über dem Kabineneingang standen, sahen ihn näherkommen, **und je näher er kam**, desto mehr Blicke sammelten sich auf ihm; wie eiserne Pfeilspitzen von einem Magneten angezogen, lenkten diese Blicke sich auf ihn, gebündelt stachen sie auf ihn, einen unfreiwilligen Winkelried, ein. **Und je näher er kam**, desto artikulierter tobte es vor ihm los: Pfui-Salven, das Knattern zahlloser winziger Haßexplosionen, herangetragen auf den Wellenlinien greller Pfiffe. Gesichter sah er keine; aber er wußte, daß es dieselben Münder waren, die früher all die stolzen Jahre lang, allsonntäglich ihren Beifall über ihn ergossen hatten, **wenn er** so spielte, wie sie es gerne sahen. **Wenn er**, den Ball am Fuße wie unsichtbar angebunden, durch die Reihen der Gegner lief, dann liefen tausend Jubelrufe mit; **wenn er** den Ball auf den Zentimeter genau übers halbe Spielfeld paßte, dann raunte es ringsum voll Ehrfurcht; **und wenn er** schoß, stockte dem ganzen Stadion der Atem, und dann erst riß es ihnen den Schrei aus der Kehle. **O ja**, er war ein Spieler gewesen wie nicht bald einer: kein Schwerathlet, der mit seinem Körpergewicht alles niederwalzt, was sich ihm in den Weg stellt, sondern der Artist, der seine Körperkraft nicht spüren, sondern nur wirken läßt. Meistens wurde er als Läufer aufgestellt, aber wenn Not am Manne war, führte er den Angriff oder verteidigte vor dem Tor. Dort, wo er eingesetzt war, gehörte das Spielfeld, so weit er es erlaufen konnte, ihm. Und wenn sein Nebenmann versagte, dann rackerte er für zwei.

Und was hatte man ihm, war wieder ein Spiel gewonnen, nicht alles nachgerühmt! Daß er der beständigste Spieler sei, zuverlässig auf jedem Posten, ohne Formkrisen, ohne Launen; kein Star, sondern immer Teil der Mannschaft, ihr Motor und ihre Seele zugleich; und der fairste Fußballspieler seit langem, die Zeitungen brachten Photos, **wie er** über den hechtenden Tormann, um ihn nicht zu verletzen, hinwegspringt; **wie er** zum Kopfstoß mit regelrecht angelegten Armen hochschnellt; **wie er** dem Gegenspieler, der im Zweikampf zu Fall gekommen, kameradschaftlich auf die Beine hilft. Und jetzt stapfte er schwankenden Schrittes hinein in die Mauer vor ihm aus Gejohle, Pfiffen und Flüchen. **Und alles, was** ihn früher über das Spielfeld getragen, **was** seine Läufe beflügelt, **was** seinen Einsatz befeuert hatte: der Beifall, der Jubel, diese Woge von aufbrausendem Schrei: **das alles kam** ihm jetzt, im nachhinein, unwirklich vor; ja, ihm schien, **als habe** er sich all die Jahre lang verhört und **als vernehme er erst jetzt, was** die da oben all die Jahre lang wirklich geschrieen hatten, und **als verstünde er erst jetzt, was** dieses Schreien schon damals in Wahrheit bedeutet hatte. So torkelte er, wie ein blindgeschlagener Boxer auf den Schatten seines Gegners, darauf zu, im vernebelten Blick tat sich schwarz, mit jedem seiner Schritte sich in die Tiefe verfinsternd, der überdeckte Gang zu den Kabinen auf: ein brüllendes Maul inmitten einer zuckenden Grimasse. Und dieser Rachen tat sich auf, ihn zu verschlingen auf Nimmerwiedersehen.

Er hatte ja gar nicht schlecht gespielt; gewiß noch nicht wieder so gut wie früher, aber wahrhaftig nicht schlechter als so viele andere; sein Gegenspieler war einfach schneller gewesen als er, hatte ihn glatt überrannt, hatte mehr Luft im Balg gehabt als er, die kräftigeren Muskeln und den flinkeren Blick für die Situation, den besseren Riecher – **all das**, was auch er einst gehabt hatte, **all das**, was die Leute früher an ihm bewundert hatten. **Das war's, und weiter nichts! Und das alles hätte er noch ertragen**; er war kein schlechter Verlierer, weiß Gott, das war er nicht! Aber die Hyänen rundum, die würstelfressenden Zuschauer auf ihren Plattfüßen rund um das Spielfeld, die hatten ihn fertiggemacht mit ihren Pfiffen, ihrem Gelächter und Gejohle, wenn der andere ihn stehenließ und mit dem Ball davonzog. Zwischendurch, wenn der Spielverlauf ihm eine Atempause gönnte, fragte es in ihm, warum die alle denn kein bißchen Verständnis mehr hatten für ihn, kein Verständnis dafür, **daß man** langsam zu alt wird, um volle neunzig Minuten lang zu glänzen, **daß man** sich leergepumpt hat in tausend Spielen, **daß man** nicht immer gleich gut in Form ist **und daß man** seine Zeit braucht, um wieder in Form zu kommen: **die Muskeln zu beherrschen, den Blick zu schärfen, den Instinkt zu wecken**, sich einzuspielen in die Mannschaft, aus der man so lange verbannt war; **mit einem Wort: sich selber wiederzufinden**. In ihm heulte es um dieses Verständnis, bettelte es um ein bißchen Gerechtigkeit. Sie aber pfiffen und lachten, **wenn ihm** ein Dribbling mißlang, **wenn der Ball** ihm über den Rist rollte, **wenn er** ungenau abspielte, **wenn er** überlaufen wurde von diesem verteufelt flinken Kerl, den zu halten seine unerfüllbare Aufgabe war, und sie riefen ihm Schimpfworte zu, **wenn** sie glaubten, er spiele nachlässig, gleichgültig, ohne Ambition, dieweil doch nur dies die Wahrheit war: **daß der** andere der bessere Spieler war, so wie tausendmal er der bessere Spieler gewesen war. **Aber das wußte nur er allein. Und er allein wußte, daß er** diesmal um mehr als nur um den Sieg seiner Mannschaft, **daß er** in Wahrheit um sein Leben spielte; denn auch Erika würde lachen und höhnen, wenn er endgültig aufhörte, das zu sein, was sie sich angeheiratet hatte: der gefeierte Sportler, der Star seines Clubs, der Held aus neunundvierzig Länderspielen, das Idol der Masse. Als er das erste Tor nicht hatte verhindern können, wurde er aus**gepfiffen**; sie **pfiffen** weiter, als ihm eine Abwehr mißlang; **und je mehr sie pfiffen**, desto mehr verpatzte er. Und dann, als er gleich zweimal hintereinander von diesem wieselflinken Burschen ausgespielt wurde, und als sie dem zujubelten und für ihn wieder nur ein paar Pfiffe übrig hatten: da fuhr's ihm in das Bein, und das Bein trat hin, wo ein Widerstand sich bot: ohne Haß gegen den, den es traf, ohne Wut über den, der besser spielte als ..."

9. Stunde:
Kurt Kusenberg, Ein verächtlicher Blick

Der Titel des Textes bezeichnet die Ausgangssituation. Ausgangspunkt des Geschehens ist die Meldung des Wachmeisters Kerzig, daß ein Passant ihn „verächtlich angeblickt" habe. Die richtige Meldung über einen harmlosen „Vorfall" setzt den ganzen Polizeiapparat in Bewegung. In einer Großfahndung werden alle Rotbärtigen – denn der besagte Passant trug einen roten Bart – verhaftet. Als eine Gegenüberstellung mit den Verdächtigen nicht zur Identifizierung des „Täters" führt, gibt der Polizeipräsident die Anweisung, die Häftlinge zu verhören, denn „Verhöre sind immer ergiebig".
Die bereits bei der Beschreibung der Großfahndung vom Autor angewandte karikierend-übertreibende Darstellung wird auch bei der Beschreibung der Verhörmethoden als wirkungsvolles Mittel eingesetzt. Ursache und Wirkung, Anlaß und Folgegeschehen stehen in geradezu absurdem und grotesken Mißverhältnis zueinander. Diese Disproportionalität macht für den Leser den eigentlichen Reiz aus, amüsiert ihn, macht ihn aber zugleich auch sehr nachdenklich.
Im Anschluß an diese Erzählpassage wird die Erzählperspektive gewechselt. Während bis dahin lediglich das Vergehen und die erfolglosen Maßnahmen der Polizei dargestellt wurden, rückt jetzt der „Mann, dem die Jagd galt" in die Mitte des Erzählgeschehens.
Telegraphisch erhält dieser die Nachricht, daß man ihm einen guten Posten im Ausland anbiete, wenn „er sofort abreise". Nachdem er sich bei einem Friseur seinen Bart hat abnehmen lassen, begibt er sich ins Polizeipräsidium,

„denn nur dort, das wußte er, war in sehr kurzer Zeit ein Paß zu erlangen.“
Da „trotz mancher Papier, die er bei sich führte“, die Ausstellung des Passes „in so kurzer Zeit“ die Kompetenzen des Paßbeamten überschreitet, wird er an den Polizeipräsidenten verwiesen. Auf dem Weg dorthin sieht er die verhafteten rotbärigen Männer. Seine Ahnungslosigkeit zeigt sich, als es heißt: „Drollig, dachte der Mann. Ich wußte nicht, daß es ihrer so viele gibt, und nun gehöre ich nicht mehr dazu.“
Sich weltmännisch und lässig gebend, stellt der Polizeipräsident den Paß aus. Mit einem Hinweis auf die besonders hübsche Krawatte mit dem Stadtplan verabschiedet sich der Polizeipräsident. Die Aussage des Friseurs, von dem der Rotbärtige sich den Bart hatte abnehmen lassen, gibt dem Geschehen plötzlich einen neuen, unerwarteten Verlauf. Die Jagd, die daraufhin einsetzt, bleibt zur Schadenfreude des Lesers ergebnislos. Auch in diesem Zusammenhang wird die karikierende Übertreibung wieder als Gestaltungsmittel eingesetzt. Sie hat aufklärerische Funktion; durch die überzogene Darstellung bestimmter Charakterzüge und Verhaltensweisen bzw. Mechanismen werden Mißstände entlarvt und kritisiert. Angriffspunkt ist in dieser Geschichte vor allem der Polizeiapparat, der sich total verselbständigt hat und – durch einen harmlosen Vorfall ausgelöst – Maßnahmen ergreift, die auch Unschuldige bedrohen können. Der Autor zeichnet ein erschreckendes Bild von einem Polizeistaat, wo der einzelne nichts, die Institution alles ist.
Von der Handlungsführung her ergibt sich kein linear verlaufender Erzähl- und Handlungsstrang, sondern ein durch den Wechsel der Perspektive bedingter mehrfach unterbrochener Erzählstrang, der durch zwei miteinander gekoppelte und ineinander verschränkte Geschehensebenen gekennzeichnet ist. (Mögliche graphische Verdeutlichung)
Den fieberhaften, übertrieben dargestellten Maßnahmen der Polizei steht die Ahnungslosigkeit des Gesuchten gegenüber, dem der Polizeipräsidenten persönlich zur Flucht verhilft. In diesem spannungssteigernden Gegensatz liegt – verbunden mit der karikierenden Darstellung – der eigentliche Reiz der Geschichte.

10. Stunde:
Bertolt Brecht, Die unwürdige Greisin

Die vom Enkel der Hauptfigur berichtete Geschichte beginnt mit einer nüchtern-sachlichen Feststellung. Ausgangssituation ist der Tod des Großvaters, der dem Leben der 72jährigen Großmutter eine entscheidende Wende gibt.
Der Tod des Großvaters trennt zwei völlig gegensätzliche Leben der Greisin voneinander, die mit Hilfe entsprechender Vergleichskriterien von den Schülern schnell erkannt werden. Der bis zum Tode ihres Mannes reichende erste Lebensabschnitt der Greisin war bestimmt durch Ehe und Familie. Dieses 60 Jahre dauernde „würdige“ Leben hatte für sie Arbeit und Entbehrung als Tochter, Frau und Mutter gebracht.
Dem durch Pflichten geprägten „Leben in Knechtschaft“ steht der von den Kindern als „unwürdig“ empfundene zweite Lebensabschnitt entgegen. Er dauert

ganze zwei Jahre. In dieser kurzen Zeit genießt die Greisin als eine „alleinstehende aber keineswegs vereinsamte Person" ihr Leben. Sie lebt ohne Verpflichtungen, erfüllt sich, soweit das für sie möglich ist, ihre Wünsche und geht ihren Neigungen nach. Sie nimmt keine Rücksicht auf das Gerede der Leute und die Vorwürfe ihrer Kinder, sondern tut das, was ihr gefällt. Sie tut nicht das, was die gesellschaftliche Norm von ihr fordert, sondern was *sie selbst* tun will.

Die Änderung ihrer Lebensgewohnheiten löst unterschiedliche Reaktionen aus. Ihre Kinder sind über die Entwicklung hell entsetzt, besonders der Onkel des Erzählers. Aber die Greisin läßt sich nicht beirren; sie hat, wie es im Text heißt, mit ihrem „Familienleben" abgeschlossen und geht ihren eigenen Weg, leistet sich sozusagen eine späte Selbstverwirklichung.

Der Erzähler, der für uns diesen Individuationsprozeß schildert, berichtet dabei nicht aus eigener Anschauung, sondern zieht zwei Quellen heran:

1. die Briefe des Onkels an seinen Vater
2. die persönlichen Erfahrungen seines Vaters, die dieser ihm mitteilt.

Dieser Akt der Selbstverwirklichung fordert die Umwelt der Greisin (Erzähler; Vater des Erzählers; Onkel des Erzählers; die Leute) zu Kommentaren und Wertungen heraus. In diesem Zusammenhang muß dem Schüler der Wirkungszusammenhang zwischen Interessenlage und Wertung verdeutlicht werden. Er muß erkennen, daß die Motive und die einer Wertung zugrundeliegenden Wertmaßstäbe oder Normen von der jeweiligen Interessenlage des Wertenden abhängen.

Der Erzähler nimmt selbst Stellung zum Verhalten der Großmutter und ihrer Kinder. Die Art, wie er das Verhalten der Großmutter darstellt und die Reaktionen der Kinder wiedergibt, sind zusammen mit seinem Urteil Ausdruck seiner Parteinahme für die Greisin, an deren Verhalten er nichts „Unwürdiges" finden kann.

Zur Erarbeitung dieses Zusammenhangs können folgende Fragen zusätzlich in die Verlaufsplanung der Stunde aufgenommen werden: Wer erzählt die Geschichte? – Woher bezieht der Erzähler seine Information, und wie gibt er sie wieder? – An welcher Stelle nennt er seine Quellen? – Wie und durch wen wird das Verhalten der Greisin beurteilt? – Warum wird es so beurteilt? – Welche Interessen stehen dahinter? Wie steht der Erzähler zu der Greisin?

11. und 12. Stunde: Bertolt Brecht, Der Augsburger Kreidekreis

Vorgeschichte und Ausgangssituation werden in den ersten beiden Textabschnitten dargestellt. Die genauen Zeit- und Ortsangaben und der „nüchtern-sachlich referierende Stil einer alten Chronik" (Schwimmer 1971, S. 39) sollen den Wahrheitsgehalt des Textes unterstreichen. Der nun folgende Teil der Erzählung ist geprägt durch die antithetische Gegenüberstellung zweier Frauengestalten, die im Sinne marxistischer Dialektik „für ganz bestimmte Gesellschaftsklassen repräsentativ" sind. (Schwimmer 1971, S. 39)

Der Gegensatz besteht nicht nur in der

Zugehörigkeit zu zwei verschiedenen Gesellschaftsklassen, sondern zeigt sich vor allem – getreu der marxistischen These: Das gesellschaftliche Sein bestimmt das Bewußtsein – in den gegensätzlichen Verhaltensweisen.

Während Frau Zingli beim Heranrücken der Katholischen auf die Stadt damit beschäftigt ist, Schmuck und Kleider in Sicherheit zu bringen, darüber ihr Kind vergißt und es durch die übereilte Flucht im Stich läßt, begibt sich die Magd Anna in Lebensgefahr, um das Kind zu retten. Nachdem Anna das Kind notdürftig versorgt hat, macht sie sich „gegen 10 Uhr nachts", begleitet vom Mann ihrer Schwester, auf, um Frau Zingli über das Schicksal ihres Mannes und des Kindes zu berichten. Diese läßt sich jedoch verleugnen. An dieser wie auch an anderen Stellen mischt sich der Erzähler kommentierend ein. („Sie schämte sich anscheinend nicht, ihr Kind zu verleugnen.")

Nach diesem Vorfall kehrt Anna in die Gerberei zurück und holt das Kind, „sich scheu umschauend, wie eine Person mit schlechtem Gewissen, eine Diebin".

Der nun folgende Sinnabschnitt beschreibt, wie Anna das Kind unter vielen Entbehrungen und persönlichen Opfern aufzieht. Zwei Ereignisse verdeutlichen das. Zunächst findet sie Aufnahme auf dem Hof ihres Bruders.

Um den moralischen Anschauungen ihrer Schwägerin Genüge zu leisten, gibt sie das Kind als ihr eigenes aus. Diese Notlüge bringt sie jedoch bald in einen Konflikt, und sie willigt aus Sorge um das Kind in eine Heirat ein, von der es heißt: „Das Geschäft war in 10 Minuten ausgehandelt." Die Ereignisse nehmen jedoch eine unvorhergesehene Wendung. Ihr Mann, den sie als todkranken Häusler ehelichte, gesundet wieder und läßt ihr, nachdem ihr Bruder ihr diese „üble Nachricht" überbracht hat, durch einen Hausierer ausrichten, daß er sie treffen wolle. Dem Gespräch, in dem ihr Mann auf das „Sakrament der Ehe" pocht und die Einhaltung der Ehe fordert, geht die Feststellung voraus: „Der Mann gefiel Anna nicht." Sein Verhalten bei der zweiten Begegnung dem Kind gegenüber nimmt Anna „noch mehr gegen ihn ein".

Als Anna danach mehrere Wochen im Fieber liegt, holt ihr Mann sie und das Kind ab. Von ihrer Krankheit erholt, versucht sie wenige Tage später mit dem Kind zu flüchten. Dieser Fluchtversuch scheitert jedoch, und „ihr Mann holt(e) sie wieder nach Mehring". Das Ende dieses ersten großen Erzählabschnittes klingt fast versöhnlich. „Mit der Zeit wurde sie ganz zufrieden gestimmt und erlebte viel Freude bei der Erziehung der Kleinen. So vergingen mehrere Jahre."

Der zweite große Abschnitt der Geschichte enthält den Streit um das Kind mit dem Prozeß vor Ignaz Dollinger und der Kreidekreis-Probe. Auslösende Ursache dafür ist die Wegnahme des Kindes durch Frau Zingli zu einem für Anna völlig überraschenden Zeitpunkt. Die „Rechtssache" wird an Richter Ignaz Dollinger verwiesen, dem die sichtliche Sympathie des Erzählers gehört. Der Richter wird kurz als „ein ganz besonderer", „in ganz Schwaben wegen seiner Grobheit und Gelehrsamkeit" berühmter Mann bezeichnet. Diese Eigenschaften kommen bei der Voruntersuchung

und während des Prozesses auch entsprechend zum Ausdruck.
In diesem Prozeß, in deren Verlauf die Parteilichkeit von Erzähler und Richter Dollinger offenkundig ist, soll festgestellt werden, „wer die *rechte* Mutter des Kindes ist".
Nachdem die Beweisaufnahme, in der Frau Zingli Anna durch eine falsche Aussage belastet und beschuldigt, durch widersprüchliche, nicht nachprüfbare Aussagen ergebnislos bleibt, zeigt Ignaz Dollinger „alle Anzeichen der Ratlosigkeit, denn es ist nicht festgestellt worden, wer die rechte Mutter ist". Dieses soll die Kreidekreis-Probe erbringen, die als Höhe- und Wendepunkt die Geschichte mit einer überraschenden Pointe abschließt. Dollinger erläutert diese Probe: „Der einfache Grundgedanke der Probe mit dem Kreidekreis ist, daß die *echte* Mutter an ihrer Liebe zum Kind erkannt wird. Also muß die Stärke dieser Liebe erprobt werden."
Die bei der Kreidekreis-Probe gezeigten gegensätzlichen Verhaltensweisen der beiden Frauen werden durch zwei Motive bestimmt. Frau Zingli, die das Kind „mit einem einzigen Ruck" an sich reißt, will dadurch ihren Besitzanspruch auf die Gerberei erhalten, Anna dagegen hatte, „aus Furcht, es könne Schaden erleiden", also aus Liebe zu dem Kind, „sogleich losgelassen". Damit ist entschieden, „wer die rechte Mutter ist".
Dem Schüler muß auffallen, daß immer nur von der *rechten Mutter* die Rede ist, *nicht aber von der rechtmäßigen, gesetzlichen Mutter*.
Deshalb sollte der Unterschied zwischen diesen beiden Begriffen auch mit den Schülern erarbeitet werden. Aus dem Kontext muß erkannt werden, daß eine juristische Klärung der Rechtslage aufgrund der gegebenen Umstände nicht erfolgen kann. Die Frage, wer die echte und wer die falsche Mutter ist, kann wegen der widersprüchlichen Zeugenaussagen juristisch nicht geklärt werden. Bei seiner Entscheidung, die er zu treffen hat, geht Dollinger deshalb davon aus, die für das Kind beste Mutter – die rechte Mutter – zu finden. Die Kreidekreis-Probe dient also nicht der Rechtsfindung, sondern der Rechtsprechung, die eine Entscheidung zum Wohle des Kindes herbeiführen will, wobei die Liebe zum Kind alleiniges Kriterium wird.
Ein weiterer Betrachtungsaspekt, auf den man eingehen sollte, ist die Parteilichkeit des Erzählers und seine direkte Wertung des Geschehens.
Ein Beispiel für die direkte Wertung finden wir in der beschreibenden Charakterisierung Dollingers durch den Autor (→ berichtende Erzählweise).

„Ihre Rechtssache wurde an einen Richter verwiesen, der *ein ganz besonderer Mann* war.
Es war dies der Richter Ignaz Dollinger, in ganz Schwaben berühmt wegen seiner Grobheit und Gelehrsamkeit, vom Kurfürsten von Bayern, mit dem er einen Rechtsstreit der freien Reichsstadt ausgetragen hatte, ‚dieser lateinische Mistbauer' getauft, von niederen Volk aber in einer langen Moritat löblich besungen."

Die negative „Charakterisierung" durch den Kurfürsten kann nur als eine unberechtigte Beschimpfung angesehen werden. Sie wirkt dadurch wie eine Anerkennung und Auszeichnung. Eine weitere direkte Wertung finden wir, wenn es über Frau Zingli heißt: „Sie kam *vorgerauscht* und schilderte, ab und zu *ein Sacktüchlein an die Augen lüftend*, wie bei der Plünderung ...“ Ähnliche Beispiele für die Parteilichkeit des Erzählers finden sich noch in großer Zahl.

13. Stunde:
Heinrich Böll,
Anekdote zur Senkung der Arbeitsmoral

Der Text weist vom Aufbau her eine klare Dreiteilung in epischen Eingang, Dialog und epischen Schluß auf. Zu Beginn wird kurz der nicht näher beschriebene Schauplatz der Handlung genannt. Die Hauptpersonen sind ein Fischer und ein Tourist.

Der Gegensatz zwischen diesen Personen wird durch ihr Aussehen und Verhalten zum Ausdruck gebracht. Der „ärmlich gekleidete“, vor sich hindösende Fischer vermittelt ein Bild der Ruhe und Zufriedenheit. Der „schick angezogene“ Tourist wird als eifrig, eilfertig und flink beschrieben. Durch das Aufeinandertreffen von Ruhe und Hektik entsteht eine „gereizte Verlegenheit“ zwischen beiden Personen, die der Tourist durch ein Gespräch zu überbrücken versucht. Der Gesprächsgegenstand ist die Einstellung des Fischers zur Arbeit oder als Frage formuliert: Warum arbeitet der Mensch?

Auch dabei ergibt sich ein Gegensatz zwischen den beiden Hauptfiguren. Für den Touristen ist es nicht faßbar, daß der Fischer zufrieden ist mit dem, was er hat, und nichtstuend in seinem Boot liegt.

Im weiteren Verlaufe des Dialogs wird die gegensätzliche Einstellung zur Arbeit zum Ausdruck gebracht. Auf eine kurze Formel reduziert heißt das: der Fischer arbeitet, um zu leben, der Tourist lebt, um zu arbeiten.

Der Dialog endet mit einer überraschenden Pointe: der Tourist wird mit seinen eigenen Argumenten geschlagen. Offen bleibt, ob diese geänderte Einstellung auch einmal ihren Niederschlag in seinem Verhalten finden wird (offener Schluß).

Im Schlußabschnitt wird die didaktische Intention des Autors deutlich. So wie der belehrte Tourist nachdenklich weggeht, so erhofft sich der Autor auch einen Augenblick des Nachdenkens und der Besinnung beim Leser.

Die Gestaltung des Textes weist einige Besonderheiten auf und sollte mit den Schülern erarbeitet werden. Ausgangspunkt der Betrachtung sollte dabei der inhaltliche Gegensatz zwischen Ruhe und Hektik sein, der unter den Aspekten der kompositionstechnischen und sprachlichen Realisierung zu untersuchen ist.

Von der Komposition her gliedert sich der Text in drei Teile mit unterschiedlicher Funktion, die wir mit Exposition – Steigerung (Klimax) bis zur Pointe – Lehre bezeichnen können. Berücksichtigt man in diesem Zusammenhang noch den Aspekt der Erzähltechnik, so ergibt sich folgende Zuordnung (vgl S. 39).

kompositorische Funktion	Textabschnitte	Erzählweise (Darstellung)
1. Exposition	erster Abschnitt	berichtende Erzählweise
2. Steigerung (Klimax) bis zur überraschenden Pointe	Dialog	überwiegend szenische Darstellung
3. Lehre	letzter Abschnitt	berichtende Erzählweise

Im ersten Textabschnitt wird der Gegensatz zwischen der Ruhe des Fischers und der Hektik des Touristen expositionsartig in einer berichtenden Erzählweise dargestellt. Ruhe und Hektik werden als Gegensätze inhaltlich und formal zum Ausdruck gebracht. Inhaltlich läßt sich dieser Gegensatz durch eine vergleichende Wortschatzanalyse in der Beschreibung der Verhaltensweisen leicht nachweisen. (Tafelanschrift)
Im formalen Bereich liefert eine genaue Untersuchung der Syntax wichtige Hinweise zur Verdeutlichung des Gegensatzes.

1. Die Zerstörung des Idylls findet ihre syntaktische Entsprechung. Vor dem Doppelpunkt sind die Sätze in ihrem Bau und ihrer Sprachmelodie einfach und ausgewogen. Nach dem Doppelpunkt beginnt die „fotografische" Zerlegung und damit die Zerstörung der Idylle, indem das Gesamtbild aufgelöst wird in eine Reihe beziehungslos nebeneinanderstehender austauschbarer Versatzstücke, wie man sie aus dem Jargon von Reiseprospekten gewohnt ist. Die Zerstörung und Beziehungslosigkeit äußert sich in der asyndetischen Reihung von Schlagwörtern und Leerformeln, die Montagecharakter besitzt: „blauer Himmel, grüne See mit friedlichen schneeweißen Wellenkämmen, schwarzes Boot, rote Fischermütze. Klick."
   All diese Versatzstücke bestehen aus Farbadjektiv + Substantiv. Dies deutet darauf hin, daß die Idylle nicht in ihrem eigentlichen Wesen, sondern lediglich in ihrer farblichen Komposition als fotografisches Objekt erfaßt wird.
2. in der viermaligen Wiederholung des ›Klick‹, das den Sprachfluß störend unterbricht. Die Syntax wird damit zum Spiegel der inhaltlichen Aussage.

In dem nun folgenden Dialog wird der Gegensatz fortgesetzt und gesteigert, was sich in der formalen Gestaltung des Dialoges äußert.
Der Fischer, dessen Dialoganteil vom Umfang her sehr gering ist, bleibt während des gesamten Dialogs ruhig und gelassen. Seine Antworten, die sich in der Anfangsphase nur auf Kopfschütteln und Kopfnicken beschränken, sind kurz und knapp. Im Gegensatz dazu stehen das Verhalten und der Dialoganteil des Touristen. Er steigert sich in eine hektische Begeisterung und Erregung hinein, die ihm mehrmals die Sprache verschlägt. Dies wird syntaktisch dadurch verdeutlicht, daß an diesen Stellen die direkte Rede mitten im Satz plötzlich unterbrochen wird:
„»..., Sie würden ...«, die Begeisterung

verschlägt ihm für ein paar Augenblicke die Stimme, »sie würden …
– und dann …«, wieder verschlägt die Begeisterung dem Fremden die Sprache …«"
Als rhetorisches Stilmittel wird hier der Anakoluth (Satzbruch) verwendet. Entsprechend der wachsenden Erregung des Touristen steigt der Spannungsbogen des Dialogs.
Während des gesamten Dialogs begeht der Tourist den Fehler, das Verhalten des Fischers am eigenen Verhalten messen zu wollen. Der Tourist unterliegt am Ende der eigenen Argumentation; aus dem Belehrenden wird ein Belehrter. Daran knüpft auch die Lehre im Schlußabschnitt an, die die eingetretene Veränderung durch einen Wechsel in der Erzählweise von der szenischen Darstellung zur berichtenden Erzählweise formal verdeutlich.
Bei der Betrachtung sollte auch auf die Erzählhaltung und auf die versteckten Wertungen des Erzählers eingegangen werden, der von dem Touristen stets nur in ironisch nachsichtigem Ton spricht. An mehreren Stellen wird die Einstellung des Erzählers deutlich:

„Gewiß liegt ihm das Wohl des ärmlich gekleideten Menschen am Herzen, nagt an ihm die Trauer über die verpaßte Gelegenheit."

„Endlich geht der Fischer von der Zeichensprache zum wahrhaft gesprochenen Wort über."

„Der Gesichtsausdruck des Touristen wird immer unglücklicher, er kann die Frage nicht mehr unterdrücken, die ihm sozusagen das Herz zu sprengen droht."

„Dessen besorgter Gesichtsausdruck erscheint ihm als Ausdruck zwar unangebrachter, doch rührender Kümmernis."

„Kopfschüttelnd, im tiefsten Herzen betrübt, seiner Urlaubsfreude fast verlustig, blickt er auf die friedlich hereinrollende Flut, in der die ungefangenen Fische munter springen."

Anhand dieser Textstellen kann mit den Schülern Wesen und Funktion der Ironie erarbeitet werden, indem der Unterschied zwischen Sagen und Meinen aus dem Kontext erschlossen wird. Da die Erörterung dieses Aspekts jedoch in unserem Fall hohe sprachliche Sensibilität erfordert, sollte auf diesen Aspekt nur eingegangen werden, wenn Ironie als literarisches Gestaltungsmittel den Schülern schon früher einmal begegnet ist.

14. Stunde:
Günther Weisenborn, Die Aussage

Die Geschichte illustriert die Notwendigkeit von Kommunikation in einer Grenzsituation, in der Leben und Tod vom Gelingen der Kommunikation abhängen. Anhand des Textes läßt sich der Wirkungszusammenhang der Kommunikation und der zu ihrem Gelingen erforderlichen Faktoren aufzeigen.
Die Ausgangssituation dieses unmittelbar und aus der Ich-Perspektive erzählten Geschehens besteht darin, daß zwei als ‹ich› und ‹er› bezeichnete Gefangene der Gestapo sich unbedingt verständigen müssen. Da beide in Einzelzellen inhaftiert sind und ein Gespräch wegen der scharfen Bewachung ausgeschlossen ist, ergibt sich die Notwendigkeit einer Kommunikation unter extremen situativen Bedingungen.

Der im Text dargestellte Handlungsverlauf eignet sich vorzüglich zur Verdeutlichung eines allgemeinen Kommunikationsmodells, wobei die verschiedenen Termini erarbeitet und durch eine konkrete Situation veranschaulicht werden können.

Der Erzähler muß, will er sein Leben retten, seinem Zellennachbarn unbedingt etwas mitteilen. Das Erzählmuster scheint wie geschaffen, das Grundmodell der Kommunikation zu illustrieren: ein Sender (‹ich›) will einem Empfänger (‹er›) eine Information weiterleiten.

Da eine mündliche Verständigung durch die gegebenen Umstände nicht möglich ist, muß eine andere Kommunikationsmöglichkeit gesucht werden. Diese kann nur gelingen, wenn folgende Voraussetzungen gegeben sind:

1. die Beseitigung oder Umgehung der Störfaktoren und
2. die Schaffung eines gemeinsamen Zeichensystems (= Kode), denn nur dadurch ist die Kodierung und Dekodierung der Mitteilung möglich.

Welche Schwierigkeiten bei der Schaffung eines solchen Zeichensystems unter Umständen auftreten können, wird im Text deutlich. Nach vielen vergeblichen Versuchen gelingt die Kommunikation, wobei akustische Signale (Klopfzeichen) als Kommunikationsträger fungieren. Die Verständigung als „Kontakt von Hirn zu Hirn“ geschieht „nicht durch den Mund, sondern durch die Hand“. An einer Stelle heißt es bezeichnenderweise im Text: „In der Nacht klopfte ich ihn an.“

Die strukturellen Merkmale des Textes verweisen auf die Kurzgeschichte: unvermittelter Beginn – Steigerung bis zum Höhe- und Wendepunkt und offener Schluß („Ich war gerettet. Vielleicht.“). Die verwendete Sprache ist von einer nüchternen Sachlichkeit; die Sätze überwiegend von extremer Kürze.

Auffälligstes Merkmal des Textes ist aber der Wechsel von der epischen zur dramatischen Form, der auch optisch in der Textgestalt erkennbar ist. Dieser Übergang hat nicht nur eine spannungssteigernde Funktion, er soll auch den Ablauf des Kommunikationsprozesses realistisch darstellen, d.h. daß die Wiedergabe des „Dialogs“ in einer rein dramatischen Form erfolgen muß. Aus dem (epischen) Erzählvorgang wird eine (dramatische) Szene. Auf die für eine szenische Darstellung erforderlichen Begleitsätze zur wörtlichen Rede und andere Verknüpfungen muß deshalb verzichtet werden.

Zur Verdeutlichung dieses Wechsels sollte die Übergangsstelle im Text einer genauen Analyse unterzogen werden:

„... In der Nacht klopfte ich ihn an:
»Du ... mußt ... deine ... Aussage ... zurücknehmen ...«
Er klopfte zurück:
»Warum?«

Ich: »Ist ... zweite ...«
Er: »Wußte ... ich ... nicht!«“

Im Zusammenhang mit der durch die besonderen Umstände der kommunikativen Situation notwendigen Reduzierung der Mitteilungen auf die kürzestmögliche Form könnte noch auf das Redundanzproblem eingegangen werden.

Auf die Schüler wirkt dieser Text fesselnd und motivierend. Eine Aufgabe, die sie gerne übernehmen, ist die Entwicklung eines Geheimkodes mit Hilfe von Gesten, Klopfzeichen und Zahlen. Zum besseren Verständnis des Textes ist ein kurzer Hinweis auf den historischen Hintergrund notwendig.

15. und 16. Stunde:
Günter Wallraff, Am Band

Der von seiner Thematik her als Bericht aus der modernen Arbeitswelt einzuordnende Text wird aus der Ich-Perspektive erzählt. Er gibt in einem Wechsel von berichtender Erzählweise und szenischer Darstellung die Beschreibung der Arbeitswelt am Fließband aus der Sicht eines Betroffenen. Von seinem Aufbau her läßt sich der Text in zwei große Sinnabschnitte einteilen:

1. die Beschreibung der Arbeitswelt am Band
2. die Darstellung des durch die Veröffentlichung der Erfahrungen und Beobachtungen ausgelösten Konflikts mit der Werksleitung.

Zunächst wird die Arbeit am Band anhand konkreter Beispiele und Situationen aus eigener und fremder Erfahrung beschrieben. Die ewige Eintönigkeit, das Ausgeliefertsein an das Band („Nach drei Stunden bin ich selbst nur noch Band. Ich spüre die fließende Bewegung des Bandes wie einen Sog in mir.“) und der Streß führen zu seelischen und körperlichen Schäden, zu Abstumpfung und Unzufriedenheit. Der Arbeiter wird zum Sklaven des Bandes. Wallraff liefert mit seinen Aussagen eine Bestandsaufnahme, bei der der Leser sich anhand der geschilderten Fakten sein Urteil selbst bilden muß. Nachdem die Arbeit am Band und ihre Auswirkungen auf den Bandarbeiter dargestellt sind, wird der Wert des Bandarbeiters für die Werksleitung ebenfalls durch entsprechende Beispiele verdeutlicht.
Welchen Wert der Bandarbeiter hat, wird bei Feuerschutzübungen deutlich. Denn da wird erklärt, daß jeder einen Brand bis zum Eintreffen der Werksfeuerwehr „*beherzt und mutig, unter persönlichem Einsatz*“ zu bekämpfen hat, um die „*kostbaren Maschinen*“ zu retten. Wie man unter Umständen sein Leben retten kann, wird nicht erklärt. Bezeichnend ist auch der Ausspruch des Busfahrers, der nach der Leibesvisitation durch den Werkschutz lakonisch feststellt: „Man behandelt euch wie die Verbrecher.“
Für die Werksleitung ist der Bandarbeiter eine anonyme Nummer. Aber auch untereinander sind die Bandarbeiter anonym, denn sie kennen sich kaum und haben auch außerhalb ihres Arbeitsplatzes keine Verbindung zueinander. Damit ist der erste Sinnabschnitt des Textes abgeschlossen. Die Wende tritt ein, als bekannt wird, daß der Erzähler über seine Arbeit schreibt und damit Mißstände im Werk an die Öffentlichkeit bringt.
Die Veröffentlichung seiner Erfahrungen und Eindrücke führt zum Konflikt mit der Werksleitung. Dabei muß zwischen den eigentlichen und den vorgeschobenen Motiven der Werksleitung und ihrer Leute unterschieden werden. Während der „Hallengott“ den Artikel

zunächst nur „zumindest gewaltig übertrieben“ findet, ihn im Laufe der Auseinandersetzung dann aber als „diffamierende Lüge“ bezeichnet und der Leiter des Werksschutzes mit Sanktionen wegen Verstoßes gegen die Arbeitsordnung und Hausfriedensbruch droht, wird das eigentliche Motiv – die Angst um das Image der Firma – zuletzt genannt. Die hysterische Reaktion des Hallengottes ist für den Erzähler der Beweis, daß er „mit der Reportage wunde Stellen getroffen hat“.

In diesem Zusammenhang ist noch auf einen Gegensatz hinzuweisen. Der Welt der Bandarbeiter, die durch die „lackbespritzte Arbeitsschürze“ und den „brandenden Arbeitslärm“ gekennzeichnet sind, steht die durch „blütenweiße Hemden“ und einen „farbigen freundlichen Raum“ mit „schalldichten Wänden“ gekennzeichnete Welt der Hallengötter entgegen. Herrschende und Beherrschte werden einander gegenübergestellt.

Der Bandarbeiter ist den Hallengöttern und dem durch sie verwalteten Band ausgeliefert, er fühlt sich ausgebeutet. Die Hallengötter interessieren in erster Linie die Produktionszahlen. Die Aussage des Hallengottes: „Das Wertvollste, was wir bei G. haben, ist immer noch der Mensch. Seine Würde achten wir über alles.“ wirkt dagegen wie ein Hohn, wie auch das abschließende Beispiel der Hitzeerleichterung deutlich zeigt.

Die wesentlichen Merkmale der Sprachgestalt sind: Umgangssprache, der von der Arbeit geprägte Jargon der Arbeiter und die Verwendung von Fachausdrükken. Die Umgangssprache ist erkennbar an der Syntax („bin ich so durchgedreht und fertig“, „die vor mir am Band arbeiten und die hinter mir“, „bis es dem zu bunt wurde“, „wir stehen hier wie die Bekloppten“, „die lassen alles mit sich machen“, „dann schreibst du ganz andere Dinger“ etc.) und der Wortwahl („Mumpitz“, „abstottern“, „langsam aber sicher“).

Die Sprachgestalt des Textes ist der sachlich nüchternen Sprache der Reportage angenähert, die gekennzeichnet ist durch die „Nähe zur objektiven und dokumentarisch nachprüfbaren Wirklichkeit“. (Wilpert 1969, S. 636)

Dennoch muß die Frage gestellt werden, inwieweit Wallraff sich um eine „leidenschaftslos sachliche Schilderung der Details“ bemüht. Zwar berichtet er nur das, was ihm aus der Perspektive des unmittelbar Betroffenen objektiv zugänglich und nachprüfbar ist, doch wird seine Optik natürlich bestimmt von seiner Intention. Wallraff sieht seine Rolle als Berichterstatter, der auf Mißstände aufmerksam macht und auf Veränderungen hinwirken will.

Was das Problem der wahrheitsgetreuen Wiedergabe von Realität und der gegebenen Verfasserintention angeht, so muß dem Schüler auch folgendes bewußt gemacht werden: Eine Reportage kann niemals ganz objektiv sein. Die subjektive Sicht des sich um Objektivität bemühenden Autors bzw. Reporters fließt als bewußte oder unbewußte Komponente immer in eine Reportage mit ein, ganz zu schweigen von einer bewußten Irreführung durch eine einseitige Auswahl authentischer Fakten.

Schwierigkeiten dürfte auf Grund der vorliegenden (vorläufigen) Begriffsdefinition die gattungstypologische Einordnung des Textes bereiten. Dabei sollte die Frage jedoch nicht alternativ Kurzgeschichte oder nicht bzw. Kurzgeschichte oder Reportage gestellt werden; es sollte vielmehr auch die Möglichkeit einer Kompromißformel gegeben sein. Diese kann dazu dienen, die Gültigkeit der bisherigen Definition zu überprüfen bzw. zu revidieren und zu einer erweiterten Definition zu gelangen. Die (eindeutige) Zuordnung dieses Textes zur Kurzgeschichte ist sehr problematisch und angreifbar, zumal hier auch das Problem Dokumentarliteratur angesprochen wird. Deshalb wäre es besser, wenn man die Nähe des Textes zur Reportage als einer besonderen Form der Dokumentarliteratur herausarbeitet und gegebenenfalls den Begriff dokumentarische Literatur oder Dokumentarliteratur klärt, soweit dies in dem vorgegebenen Kontext möglich ist.

Um die grundlegenden Unterschiede zwischen dokumentarischen und fiktionalen Texten herauszustellen, bietet sich als Methode eine vergleichende Textanalyse an, indem die oben genannten Textarten unter den Gesichtspunkten der Verfasserintention und der Gestaltung untersucht und gegeneinander abgegrenzt werden. Als Vergleichstext kann eine der behandelten Kurzgeschichten herangezogen werden.

Bei der Erörterung des Begriffs Dokumentarliteratur ist jedoch Vorsicht geboten, denn die Diskussion um die begriffliche Fixierung ist äußerst kontrovers, und die bloße Verwendung von authentischem, also dokumentarischem Material ist „als konstitutives Merkmal einer eigenen literarischen Gattung – der Dokumentarliteratur – untauglich, da dieser Terminus zuviel Heterogenes in sich begreift" (Carl 1971, S. 100).

Wenn auch „das Faktum der Verwendung von Dokumenten" (Carl 1971, S. 100) kein konstitutives Merkmal ist, so liefert es aber doch Hinweise. Wichtig vor allem ist die Tatsache, daß Dokumentarliteratur zwei Ansprüchen gerecht werden muß, dem der Literatur und dem der Dokumentation, wobei das Zusammenwirken grob als literarische Verarbeitung authentischen Materials mit einer dokumentarischen Intention beschrieben werden kann.

Das grundlegende Merkmal und Problem der Dokumentarliteratur ist das der Wiedergabe der Realität. Der Autor einer Reportage geht dabei von anderen Voraussetzungen aus als etwa der Autor einer Erzählung.

Beiden geht es letztlich um die Darstellung einer Form von Wirklichkeit. Der Unterschied besteht jedoch in der Aufgabe und im Selbstverständnis des Autors.

Während man dem Autor einer Erzählung eine gewisse Subjektivität der Wiedergabe und eine Stellungnahme zum Geschehen durchaus zubilligt, wenn nicht sogar verlangt, fordert man vom Autor einer Reportage ein Höchstmaß an Objektivität. Seine Darstellung muß eine realitätsgetreue Wiedergabe authentischer Fakten und Wirkungszusammenhänge sein. Dadurch stehen dem Autor einer Reportage weit weniger Gestaltungsmittel zur Verfügung als dem Autor einer Erzählung, der aus einer breiten Palette literarischer Gestaltungsmittel auswählen kann.

Dem „Reportageschreiber" wird die „Gestaltung" durch die Gestalt der

Wirklichkeit gewissermaßen vorgeschrieben. Er kann bzw. muß nur aus der Fülle authentischer Fakten auswählen und muß diese so präzise wie möglich mitteilen. Die Gestaltungsmittel des „Reportageschreibers“ sind also begrenzt. Die Verfasserintention äußert sich vor allem in der Auswahl und Montage des authentischen Materials. Bei der Behandlung der Reportage wie auch der Dokumentarliteratur insgesamt sollte man aber immer die Frage stellen: „Bedeutet nicht jede Oberflächenabschilderung und jede Beschränkung auf einen Teilausschnitt – und scheine er noch so durch- und überschaubar – eine unzulässige Verkürzung und Verfälschung des ›Wirklichen‹, das nicht einmal mehr total erlebbar, geschweige denn rekonstruierbar ist?“ (Carl 1971, S. 99)
Wenn unter strukturellem Aspekt der unvermittelte Eingang und der offene, unvermittelte Schluß als wesentliche Merkmale der Kurzgeschichte hier erkannt werden, so fehlt dem Text doch eine für die Kurzgeschichte typische dramatische Zuspitzung des Geschehens auf einen genau bestimmbaren Höhe- und Wendepunkt.
Die reportagenhafte Struktur zeigt sich auch darin, daß der „Erzählstrang“ in ein Mosaik von Einzelbeobachtungen und Fakten aufgesplittert ist und kein zielstrebig angelegtes „Handlungsgefüge“ vorhanden ist, sondern eine für die Reportage typische Montage von Versatzstücken verschiedenen Charakters und Aussagewerten, die durch die kritische Intention und die subjektive Sicht des Autors zusammengehalten wird. Das so entstandene „Dokumentationsgefüge“ von authentischen Fakten wird zur kritischen Beweisführung des Autors, der bestehende Mißstände in der modernen Arbeitswelt aufdecken will.

17. Stunde: Siegfried Lenz, Ein Freund der Regierung

Von seiner Thematik her läßt sich der Text in den größeren Problemkreis Gewalt und Terror einordnen. Geschildert wird eine staatlich organisierte und überwachte Informationsfahrt in ein Krisengebiet, deren Zweck es ist, Presseberichte, die einen blutig niedergeschlagenen Aufstand gemeldet hatten, zu widerlegen. Das aus der Ich-Perspektive eines mitreisenden Journalisten dargestellte Geschehen läßt sich in drei Sinnabschnitte oder Erzählschritte gliedern:

Hinfahrt,
Begegnung mit Bela Bonzo,
Rückfahrt.

Bereits auf der Hinfahrt kommen Zweifel an der Glaubwürdigkeit der Erklärungen des begleitenden „Beamten“ (Bewacher) auf. Dieser Zweifel ergibt sich aus dem Gegensatz zwischen den meist nur beiläufig angedeuteten Beobachtungen des Journalisten (bewaffnetes Militär, ausgestorbenes Dorf) und den Erklärungen Gareks, der die Anwesenheit des Militärs und die ausgestorbenen Dörfer nur mit sehr fadenscheinigen Begründungen rechtfertigt.
Der zweite Sinnabschnitt wird durch die Ankunft im Dorf eingeleitet und schildert die Begegnung mit Bela Bonzo.

Hier können wir die Wahrheit aus den oft nur angedeuteten scheinbar belanglosen Feststellungen des Journalisten erschließen. Bela Bonzo, ein von Garek mit brutaler Gewalt eingeschüchterter Dorfbewohner, wird zum Zeugen der Wahrheit, ohne die Wahrheit sagen zu können. – Auch hier erkennt der aufmerksame Leser aus dem Gegensatz zwischen den Erklärungen Gareks und den Beobachtungen des Journalisten, daß, „etwas nicht stimmen kann".

Die mehrmals wiederholten Beteuerungen Bela Bonzos „Ich bin ein Freund der Regierung" können darüber nicht hinwegtäuschen. Die Tatsache, daß es einige Minuten dauert, bis Garek wieder aus dem Haus kommt, macht mißtrauisch. Zumal wenn er sagt, daß er Bela Bonzo gerade bei der Hausarbeit angetroffen habe. So wie jemand, der gerade bei der Hausarbeit war, sieht Bela Bonzo aber keineswegs aus, denn er ist sauber gekämmt, trägt ein frisches Baumwollhemd und feine Stiefel.

Die geschwollene Oberlippe und die verkrusteten Blutspuren am Hals lassen gleichfalls vermuten, daß hier brutale Gewalt angewendet worden ist. Aber nicht nur diese Widersprüche sind Indizien der Wahrheit bzw. der Unwahrheit. Auch das Verhalten der Kinder ist sonderbar: „sie beobachten Bonzo mit unerträglicher Aufmerksamkeit ..."

Die latente Drohung, die über der Szene liegt, wird für den Leser auch deutlich, wenn es heißt: „Die Alte bot uns faustgroße, fremde Früchte an, die Früchte hatten ein saftiges Fleisch, das rötlich schimmerte, so daß ich am Anfang des Gefühl hatte, in eine frische Wunde zu beißen."

Bela Bonzo verleugnet sogar seinen eigenen Sohn. Als in einem unbeobachteten Augenblick ein Journalist Bela Bonzo mitteilt, daß er zuverlässige Nachricht habe, daß sein Sohn in einem Gefängnis in der Hauptstadt gefoltert wurde, klingt die Antwort wie eine verzweifelte Beteuerung: „Ich habe keinen Sohn, und darum kann er nicht gefoltert worden sein. Wir sind Freunde der Regierung, hören Sie; ich bin ein Freund der Regierung."

Bei der Verabschiedung drückt Bela Bonzo dem Journalisten unauffällig eine Papierkugel in die Hand. Erst auf der Zimmertoilette seines Hotels wagt der Journalist die Papierkugel zu öffnen. Der darin enthaltene abgesplitterte Zahn wird zum letzten Indiz in der Beweiskette der Wahrheit, denn er weiß, „wem er gehört hatte".

Den Schülern macht es Spaß, die zahlreichen Widersprüche im Text, die auf die Wahrheit verweisen, aufzuspüren und daraus die wirklichen Verhältnisse zu rekonstruieren.

Bei der Betrachtung der Sprachgestalt muß darauf hingewiesen werden, daß in diesem Text sehr vieles nur angedeutet zwischen den Zeilen erfahrbar wird. An keiner Stelle wird eine Lüge als solche mit Worten entlarvt, das bleibt dem aufmerksamen Spürsinn des Lesers überlassen.

Die Schüler müssen deshalb anhand eines solchen Textes zum aufmerksamen Lesen erzogen werden. Sie müssen die Sprache als Mittel und Werkzeug zur Verschleierung und Entlarvung von Lüge und Wahrheit begreifen und die in diesem Text angewandte Entlarvungstechnik anhand von Textbeispielen nachweisen können. Gerade an diesem Text können sie erkennen, was und wie etwas, ohne es wörtlich zu sagen, „zwischen den Zeilen" mitteilbar ist.

Die Struktur des Textes ist geprägt von einem expositionslosen Beginn, einer Steigerung der Spannung bis zum Höhepunkt, der zugleich Wendepunkt und offener Schluß ist.

Die hier angewandte Entlarvungstechnik ist eine Technik der Andeutung und Entschlüsselung, die, wenn sie ihrer Intention gerecht werden will, so etwas wie eine funktionale Arbeitsteilung zwischen Autor und Leser voraussetzt. Dieses „arbeitsteilige Verhältnis" zwischen Autor und Leser besteht darin, daß der Autor als nüchterner Berichterstatter die Fakten zu einer Beweisaufnahme liefert. Die Aufgabe des aufmerksamen Lesers besteht darin, diese Fakten als Indizien bei der Wahrheitssuche zu verwerten. So gelangt die Wahrheit trotz Verschleierung und Anwendung von Gewalt doch ans Licht.

18. Stunde:
Zur Problematik einer Begriffsbestimmung der Kurzgeschichte

Die letzte Stunde der Lernsequenz verfolgt zwei Ziele. Um eine geeignete Ausgangslage zu schaffen, sollte zunächst einmal eine knappe wiederholende Bestandsaufnahme des bisher Erarbeiteten vollzogen werden, wobei die Ergebnisse der einzelnen Stunden dann in einem kritischen Überblick zu einem Gesamtergebnis zusammengefaßt werden sollen. Dabei muß die Problematik einer Begriffsbestimmung der Kurzgeschichte erkannt und erörtert werden.

Die Schüler sollten dabei erkennen, daß die in der 4. Stunde erstellte Begriffsdefinition einer Revision und Modifizierung bedarf, diese Modifizierung jedoch immer von dem untersuchten Textbestand abhängig ist. Die für diese Stunde geeigneten Lehrformen sind das freie Unterrichtsgespräch und der arbeitsteilige Gruppenunterricht, wobei auch eine Kombination von beiden möglich ist.

Des weiteren ergibt sich die Möglichkeit, Lernzielstufen bzw. Lernzielbereiche zu verwirklichen:

1. die Reproduktion als reine Wiedergabe des Gelernten
2. die Reorganisation als „eigene Verarbeitung und Anordnung des Stoffes" (Bildungsrat 1971, S. 79)
3. der Transfer als Übertragung von „Grundprinzipien des Gelernten auf neue, ähnliche Aufgaben" (Bildungsrat 1971, S. 80)
4. das problemlösende und entdeckende Denkverfahren, wobei kritische Reflexion und Kreativität neue Fragen aufwerfen und beantworten.

Inwieweit diese Lernzielstufen von den einzelnen Schülern erreichbar sind, ist eine Frage der Lernzielfindung und Leistungskontrolle, die sich nach dem altersstufengemäßen Leistungsvermögen zu richten hat.

Vorschläge für einen arbeitsteiligen Gruppenunterricht

Wenn die Lernsequenz ganz oder teilweise in Form des Gruppenunterrichts durchgeführt werden soll, so sollte dabei eine Kombination von arbeitsteiligem und themengleichem Gruppenunterricht gewählt werden. Die gemeinsame Ausgangsbasis ist dabei für alle Schüler der vollständige Text.

Aus Zeitgründen und wegen der durch die Betrachtungsaspekte Thematik, Struktur und Sprache resultierenden didaktischen Dreiteilung empfiehlt sich eine Einteilung des jeweiligen Lernbereichs in drei Lernfelder mit unterschiedlichen Lernzielen. In der Praxis bedeutet das eine Einteilung in drei arbeitsteilige Gruppen. Um die Möglichkeit zur Ergänzung, Kontrolle und Korrektur der einzelnen Gruppenergebnisse zu geben, wird jeder dieser drei arbeitsteiligen Gruppen je eine themengleich arbeitende Gruppe als Kontrollgruppe zugeordnet, so daß der Klassenverband in insgesamt sechs Gruppen aufgeteilt wird. Bei der Verteilung der Arbeitsaufgaben ist darauf zu achten, daß der Schwierigkeitsgrad der Aufgaben dem Leistungsvermögen der Gruppe entspricht. In Abänderung der auf den Stundenblättern aufgeführten Lernschritte gliedert sich die Stunde, wenn man die Einstimmungs- und Motivationsphase außer acht läßt, in vier Phasen:

1. eine Verteilungsphase, in der die Aufgaben an die einzelnen Gruppen verteilt und evtl. Sacherklärungen gegeben werden
2. eine Gruppenarbeitsphase, in der die Gruppen selbständig arbeiten
3. eine Berichtsphase, in der die Gruppensprecher die Arbeitsergebnisse vortragen und die Kontrollgruppe die Möglichkeit zur Ergänzung und Korrektur wahrnimmt
4. eine Integrationsphase, in der die Teilergebnisse gemeinsam unter Führung des Lehrers zu einem Gesamtergebnis zusammengefaßt werden.

In dem einen oder anderen Fall wird es sich aus Zeitgründen jedoch empfehlen, die Arbeitsaufgaben der Gruppen als Hausaufgabe aufzugeben.

Die folgenden Fragen und Arbeitsanweisungen zum Gruppenunterricht sind vorwiegend unter dem Aspekt abgefaßt, daß sie im Sinne einer Orientierungshilfe die Zielrichtung und das jeweils abzudeckende Lernfeld angeben (bzw. voneinander abgrenzen). Da die Lernvoraussetzungen und Lernschwierigkeiten gerade in den Klassen 8–10 sehr unterschiedlich sind, muß bei der Anwendung des Gruppenunterrichts eine der jeweiligen Lernsituation angemessene altersstufenmäßige und lerngruppenspezifische Modifizierung und Differenzierung vorgenommen werden. Inwieweit also die Vorschläge zum Gruppenunterricht dementsprechend umformuliert, differenziert, im Umfang erweitert oder begrenzt werden müssen, kann nur der Unterrichtende selbst entscheiden.

Darüberhinaus besteht natürlich die

Möglichkeit, die Leitfragen und Arbeitsanweisungen des Gruppenunterrichts auch in die Verlaufsplanung des Frontalunterrichts (in einer altersstufengemäßen Modifizierung) zu integrieren. In dem ein oder anderen Fall können diese Fragen auch für eine vorbereitende Hausaufgabe verwendet werden.

1. Stunde:
Herbert Malecha, Die Probe

1. Fertigt eine Gliederung des Textes an (Gesichtspunkte: Schauplatz der Handlung, Verhalten der Hauptfigur)
   Beschreibe das Verhältnis der Hauptfigur zur Menge:
   a) vor dem Betreten der Kneipe,
   b) nach dem Verlassen der Kneipe.
   Welche Schlußfolgerungen zieht ihr daraus?
2. Welche „Proben" muß die Hauptfigur bestehen?
   Beschreibt ihren Verlauf, stellt die Unterschiede heraus und begründet ihren Ausgang.
3. Untersucht die Sprache des Textes und ihre Besonderheiten.
   Bestimmt und erläutert den im Text verwendeten Sprachstil an selbstgewählten Beispielen.
   Gesichtspunkte: Wortwahl, rhetorische Stilmittel und ihre Funktion, umgangssprachliche Wendungen.

2. Stunde:
Günther Weisenborn, Zwei Männer

1. Entwerft eine inhaltliche und formale Gliederung des Textes. (Verwendet als Gliederungskriterium für die inhaltliche Gliederung den Schauplatz der Handlung)
2. Von welchen Motiven wird das Verhalten der Hauptfiguren (des Farmers und des Peons) bestimmt?
   Erläutert die Motive und begründet die Rettung.
3. Beschreibt und erläutert die Sprachgestalt des Textes:
   a) Sprachstil (Satzform, Wortwahl)
   b) Bildgehalt
   c) Fremdwörter (begründet ihre Verwendung)

3. Stunde:
Wolfgang Borchert,
Nachts schlafen die Ratten doch

1. In welche und wie viele Abschnitte läßt sich der Text von seiner Sprachform gliedern?
   Entwerft eine formale Gliederung. (Beschreibe die Bauform des Textes.)
2. Warum und wie gewinnt der Mann das Vertrauen des Jungen?
   Stellt einzelne Phasen der Begegnung fest.
   Wie beurteilt ihr die Lüge des Mannes?
3. Vergleicht den ersten und letzten Abschnitt des Textes miteinander.
   Beschreibt die Sprache des Jungen und die des Mannes. (Wie und mit welcher Absicht sind die Fragen des Mannes gestellt?)

4. Stunde:
Merkmale der Kurzgeschichte

Bisher haben wir drei Texte besprochen bzw. interpretiert. Wir wollen nun diese Texte unter drei (vorgegebenen) Gesichtspunkten untersuchen und ihre gemeinsamen Merkmale herausfinden.

1. Stellt Gemeinsamkeiten der Thematik fest:
   a) Über welche Ereignisse wird berichtet?
   b) Welche Bedeutung haben diese Ereignisse im Leben der Hauptfiguren?
   c) Wie groß ist der dargestellte Zeitraum („erzählte Zeit")?
2. Stellt Gemeinsamkeiten der Struktur fest:
   a) Wie setzt der Text ein?
   b) Wie endet er?
   c) Wo liegt der Höhepunkt?
   d) Wo liegt der unvermittelte Wendepunkt?
   e) Wie reagiert der Leser auf den Schluß?
3. Stellt Gemeinsamkeiten der Sprachgestalt fest:
   Beschreibt den Satzbau, die Wortwahl und den Sprachstil der Texte. Welche sprachlichen Besonderheiten weisen die Texte auf?

5. Stunde:
Hans Bender, Iljas Tauben

1. Fertigt eine Gliederung des Textes unter den Gesichtspunkten des Schauplatzes der Handlung (und der Erzählschritte) an.
2. Beschreibt (charakterisiert) und beurteilt die Handlungsweise der Hauptpersonen.
   Deutet das Ende der Geschichte.
3. Beschreibt die Struktur und die Sprache des Textes: Wo liegen der Höhepunkt und der Wendepunkt?

6. Stunde:
Ilse Aichinger, Die geöffnete Order

1. Entwerft die Gliederung des Textes und begründet die Wahl des Gliederungsaspektes:
2. Beschreibt die Auswirkungen, die das Öffnen der Order auf das Verhalten des Melders zeigt:
3. Warum gibt der Verwundete am Ende zu, daß er die Order zu überbringen hatte?

7. Stunde:
Marie Luise Kaschnitz,
Popp und Mingel

1. Aus welcher Perspektive wird das Geschehen berichtet?
   Versucht eine Gliederung.
   Welche Bedeutung haben Popp und Mingel für den Jungen?
2. Beschreibe den Unterschied zwischen der wirklichen Familie und der Wunschfamilie des Jungen.
3. Erläutert, warum es zu dem Brand kommt.
   Wie beurteilt ihr das Verhalten der Eltern dem Jungen gegenüber?

8. Stunde:
Herbert Eisenreich, Der Weg hinaus

1. Welche Geschehensebenen weist der Text auf?
   Beschreibe, in welcher Beziehung sie zueinander stehen. (Gesichtspunkt: Zeitraffung – Zeitdehnung)
2. Erläutert die Thematik des Textes vom Titel her. (Warum heißt der Text „Der Weg hinaus"?)
3. Untersucht die Sprachgestalt des Textes, bestimmt den verwendeten Stil und erläutert seine Funktion.
   Welche rhetorischen Stilmittel erkennt ihr?

9. Stunde:
Kurt Kusenberg, Ein verächtlicher Blick

1. Versucht eine Gliederung des Textes nach selbstgewählten Gesichtspunkten.
2. Welche Wirkung will der Autor durch seine übertriebene Darstellung erreichen?
   Was ist die Aussageabsicht des Autors?
3. Welches Problem stellt der Text dar?
   Inwiefern enthält der Text eine Kritik?
   Was wird kritisiert?
   Auf welche Gefahr will der Autor hinweisen?

10. Stunde:
Bertolt Brecht, Die unwürdige Greisin

1. Aus welcher Perspektive wird die Geschichte erzählt?
   Welche Bedeutung hat der Tod des Mannes im Leben der Greisin?
2. Vergleicht anhand selbstgewählter Gesichtspunkte die beiden Lebensabschnitte der Greisin miteinander.
3. Was will der Autor mit seinem Text aussagen?
   Wie beurteilt ihr das Verhalten der Kinder? Wie das der Greisin?

11. Stunde:
Bertolt Brecht,
Der Augsburger Kreidekreis (1)

1. Entwerft eine Gliederung des Textes.
2. Beschreibt und vergleicht das Verhalten der beiden Frauen bei der Besetzung der Stadt.
3. Erläutert, warum es zu einem Streit um das Kind kommt.

12. Stunde:
Bertolt Brecht,
Der Augsburger Kreidekreis (2)

1. Charakterisiert den Richter Ignaz Dollinger. Wem gehört offenkundig seine Sympathie?
2. Beschreibt und erläutert in groben Zügen den Prozeßverlauf bis zur Kreidekreis-Probe. Warum ist die Kreidekreis-Probe notwendig?

3. Beschreibt und erläutert den Grundgedanken und den Verlauf der Kreidekreis-Probe.

13. Stunde:
Heinrich Böll,
Anekdote zur Senkung der Arbeitsmoral

(evtl. Einführung: Was ist eine Anekdote?)

1. Entwerft eine Gliederung des Textes und beschreibt die Ausgangssituation.
2. Worüber unterhalten sich die beiden Hauptfiguren? Versucht das Gesprächsthema in einer Frage zusammenzufassen.
   Stellt die Unterschiede in der Beantwortung der Frage heraus.
3. Welche Wirkung hat das Ereignis auf den Touristen?
   Was ist die Aussageabsicht des Autors?

14. Stunde:
Günther Weisenborn, Die Aussage

1. Gebt eine kurze Zusammenfassung der Ausgangssituation.
   Wodurch wird die Verständigung erschwert?
2. Welche Voraussetzungen sind für das Zustandekommen von Kommunikation notwendig?
   Wie gelingt in der im Text dargestellten Situation die Verständigung?
3. Warum gelingt die Verständigung?
   Kann man den Text als Kurzgeschichte bezeichnen?

15. Stunde:
Günter Wallraff, Am Band (1)

1. Aus welcher Perspektive wird die Geschichte erzählt?
   Entwerft eine Gliederung des Textes.
2. Beschreibt die im Text dargestellte Arbeitswelt und nennt ihre wichtigsten Merkmale.
3. Welchen Wert hat der Bandarbeiter für die Werksleitung?

16. Stunde:
Günter Wallraff, Am Band (2)

1. Warum kommt es zum Konflikt mit der Werksleitung?
   Nennt die eigentlichen und die vorgeschobenen Motive.
2. Welche beiden Welten werden im Konflikt mit der Werksleitung einander gegenübergestellt?
   Beschreibt ihre Merkmale.
3. Welches ist die Aussageabsicht des Autors? Begründet eure Aussage.

17. Stunde:
Siegfried Lenz,
Ein Freund der Regierung

1. Beschreibt kurz die Ausgangssituation. Aus welcher Perspektive wird das Geschehen berichtet?
2. Welche Absichten verfolgen der Journalist und Garek? Welche Rolle spielt dabei Bela Bonzo?
3. Ist Bela Bonzo ein Freund der Regierung? Begründet eure Aussage.

18. Stunde:
Zur Problematik einer Begriffsdefinition der Kurzgeschichte

Nachdem wir zu Beginn der Unterrichtsreihe mit Hilfe einer vergleichenden Textanalyse Merkmale der Kurzgeschichte herausgearbeitet haben, wollen wir jetzt die Brauchbarkeit der Definition an anderen Texten überprüfen.

Untersucht, ob und inwieweit die erarbeiteten Merkmale auf die behandelten Texte zutreffen:

1. Merkmale der Struktur
2. Merkmale der Thematik
3. Merkmale der Sprache

Welche Konsequenz ergibt sich daraus für unsere erste Begriffsbestimmung der Kurzgeschichte?

Literaturverzeichnis

Das nachfolgende Literaturverzeichnis beschränkt sich in einer knappen Auswahl nur auf das Notwendigste.
Dort, wo es nützlich schien, wurde auf weiterführende bibliographische Angaben hingewiesen. Die mit einem * versehenen Titel bieten nach Ansicht des Verfassers geeignete und empfehlenswerte Hilfen zur weiteren Information.

1. Textsammlungen

Arbeitstexte für den Unterricht. Deutsche Kurzgeschichten 9–10. Schuljahr, Reclam UB 9507, Stuttgart 1973 (zur Anschaffung empfohlen)

Bertolt Brecht, Kalendergeschichten. rororo 77, Reinbek 1970

Die für die Klassen 8–10 eingeführten Lesebücher der verschiedenen Verlage.

2. Sekundärliteratur

*Bender, Hans: Ortsbestimmung der Kurzgeschichte. In: „Akzente" 3/1962, S. 205ff.

Bienek, Horst: Werkstattgespräche mit Schriftstellern. München 1962.

Carl, Rolf-Peter: Dokumentarisches Theater. In: Manfred Durzak, Die deutsche Literatur der Gegenwart. Stuttgart 1971, S. 99–127.

Deutscher Bildungsrat: Strukturplan für das Bildungswesen. Stuttgart ^{3}1971.

*Doderer, Klaus: Die Kurzgeschichte in Deutschland (Diss. Marburg). Wiesbaden 1953, WB Darmstadt ^{4}1973 (weiterführende bibliographische Angaben).

Doderer, Klaus: Die angelsächsische Short Story und die Deutsche Kurzgeschichte. In: „Die neueren Sprachen" 1953, S. 147ff.

Doderer, Klaus: Die Kurzgeschichte als literarische Form. In: „Wirkendes Wort" Jg. 1957/58, Heft 2, S. 90ff.

Doderer, Klaus: Kurzgeschichte und Short Story. In: Lexikon der Weltliteratur im 20. Jahrhundert. 2. Band, Sp. 93–97. Freiburg 1961.

*Doderer, Klaus: Literaturdidaktische Bemerkungen zur Kurzgeschichte. In: H. Helmers, Moderne Dichtung im Unterricht. Braunschweig ^{2}1972, S. 101–104.

Ebing, Hans A.: Die deutsche Kurzgeschichte, Wurzel und Wesen einer neuen literarischen Kunstform. Diss. Münster, Bochum 1936.

Elster, Hans Martin: Die Kurzgeschichte oder Skizze. In: Die Horen. Jg. 6 (1930), S. 708ff.

Gerth, Klaus: Die Kurzgeschichte in der Schule. In: „Westermanns Pädagogische Beiträge" 11/1962, S. 437–447.

Gerth, Klaus: Kritik der Kritik. Zur Kurzgeschichte in der Schule. In: „Westermanns Pädagogische Beiträge" 7/1963, S. 298–301.

Hajek, Siegfried: Die moderne Kunstgeschichte im Unterricht. In: „Der Deutschunterricht" 1/1955, S. 5–12.

*Höllerer, Walter: Die kurze Form der Prosa. In: „Akzente" 3/1962, S. 226–245.

*Kilchenmann, Ruth J.: Die Kurzgeschichte. Formen und Entwicklung, Stuttgart ^{3}1971 (weiterführende bibliographische Angaben).

Langer, Felix: Die Kurzgeschichte. In: Die Literatur, Bd. 32 (1929–30), S. 613.

Langgässer, Elisabeth: Das Kreuz der Kurzgeschichte. Süddeutsche Zeitung v. 9. 12. 1949.

Lerch, Eugen: Was ist Reportage? Kölnische Zeitung v. 15. 1. 1929.

Lorbe, Ruth: Die deutsche Kurzgeschichte in der Jahrhundertmitte. In: „Der Deutschunterricht" 1/1957, S. 36–54.

Motekat, Helmut: Gedanken zur Kurzgeschichte. In: „Der Deutschunterricht" 1/1957, S. 20–35.

Nentwig, Paul: Dichtung im Unterricht. Braunschweig ^{3}1966.

Pielow, Winfried: Dichtung und Didaktik. Bochum 1963.

Pongs, Hermann: Die Anekdote als Kunstform zwischen Kalendergeschichte und Kurzgeschichte. In: „Der Deutschunterricht" 1/1957, S. 5–20.

Reitz, Hellmuth: Wie schreibt man Kurzgeschichten? In: „Welt und Wort", Jg. 1949, S. 364ff.

Schnurre, Wolfdietrich: Kritik und Waffe. Zur Problematik der Kurzgeschichte. In: „Deutsche Rundschau", Januar 1961, S. 61–66.

Schulz, Bernhard: Die moderne Kurzgeschichte. In: Erich Wolfrum, Taschenbuch des Deutschunterrichts. Esslingen 1972, S. 296–309.

Skorna, Hans-Jürgen: Die Kurzgeschichte der Nachkriegszeit im Unterricht. Ratingen 1967.

Thiemermann, Franz-Josef: Kurzgeschichten im Deutschunterricht. Bochum 1967.

Ulshöfer, Robert: Die Wirklichkeitsauffassung in der modernen Prosadichtung. In: „Der Deutschunterricht" 1/1955, S. 13–40.

Ulshöfer, Robert: Unterrichtliche Probleme bei der Arbeit mit der Kurzgeschichte. In: „Der Deutschunterricht" 6/1958, S. 5–35.

Welzig, Werner: Der deutsche Roman im 20. Jahrhundert. Stuttgart 1967.

Wilpert, Gero von: Sachwörterbuch der Literatur. Stuttgart 1961.

Zierott, K.: Die Kurzgeschichte in Literatur und Presse. München 1952.

*Zimmermann, Werner: Deutsche Prosadichtungen unseres Jahrhunderts, Teil II (Neufassung). Düsseldorf ^{2}1970.

3. Bibliographien, Interpretationen

Boueke, Dietrich, u.a.: Bibliographie Deutschunterricht. Paderborn 1973, S. 184–185.

Interpretationen zu Wolfgang Borchert. Verfaßt von einem Arbeitskreis. München ^{7}1962

Schwimmer, Helmut: Bertolt Brecht Kalendergeschichten. Interpretationen. München ^{3}1971.

10. Stunde:
Bertolt Brecht, Die unwürdige Greisin

Lernziele:

Die Schüler sollen

- den Tod des Mannes als Wendepunkt im Leben der Greisin begreifen
- die beiden unterschiedlichen Lebensabschnitte der Greisin anhand des Textes beschreiben können
- die Aussageabsicht Brechts erkennen
- zwischen Bericht und Stellungnahme des Erzählers unterscheiden können

Lehrform: entwickelnd – erörternd oder arbeitsteiliger Gruppenunterricht

Lernschritte:

1. Lektüre (und Gliederung) als vorbereitende Hausaufgabe
2. den Tod des Mannes als Wendepunkt im Leben der Greisin herausarbeiten
3. vergleichende Analyse der beiden Lebensabschnitte der Greisin
4. Herausarbeiten der Erzählperspektive
5. Herausarbeiten des Unterschieds zwischen Bericht und Stellungnahme des Erzählers
6. Herausarbeiten der lehrhaften Absicht des Textes
7. Beantwortung der Frage: Kurzgeschichte oder nicht?

Tafelanschrift

Ausgangssituation:

Tod des Mannes =
Wendepunkt im Leben der Greisin

trennt zwei Leben voneinander

das "würdige" Leben		das „unwürdige" Leben
bestimmt durch Ehe und Familie	Merkmale der beiden Leben	„alleinstehende Person" keineswegs vereinsamt
60 Jahre Arbeit und Entbehrung als Tochter, Frau und Mutter	Dauer der beiden Leben	zwei Jahre ohne Verpflichtung Genuß des Lebens
Pflichten	Gegensatz	Wünsche und Neigungen
„Leben in Knechtschaft"		„Leben in Freiheit"

Aussageabsicht Brechts:

- Undankbarkeit der Kinder
- Kritik an der Selbstsucht der Urteilenden
- nicht die Greisin ist unwürdig, sondern die Kritiker

Leitfrage: Welche Verhaltensweisen machen die Greisin im Urteil ihrer Kinder unwürdig?

1. Kinobesuch
2. Lokalbesuch
3. Umgang
4. Sorge für das schwachsinnige Mädchen

Welches sind die Motive der Kinder?

1. Hoffnung auf eine Erbschaft
2. Angst vor dem Gerede der Leute

3. Stunde: Wolfgang Borchert, Nachts schlafen die Ratten doch (1. Variante)

Lernziele:
Die Schüler sollen
- die dreiteilige Struktur des Textes erkennen
- die Situation des Jungen erkennen und verstehen
- die Auswirkungen des Gesprächs auf das Verhalten des Jungen erkennen
- den stufenweisen Abbau des Mißtrauens erkennen
- die Lüge des Mannes und ihre Bedeutung für den Jungen erkennen und beurteilen
- den Motivgegensatz Ratten – Kaninchen erkennen, zuordnen und erläutern können
- die Begegnung als Wendepunkt im Leben des Jungen begreifen
- die Gegensätze der Umwelt im epischen Eingang und Schluß erkennen und ihre Bedeutung begreifen und erläutern können
- die Verwendung von Umgangssprache am Text nachweisen können

Lehrform: entwickelnd – erörternd oder Gruppenarbeit

Lernschritte:
1. Vorlesen durch den Lehrer als motivierender Einstieg (gegebenenfalls Sacherklärungen)
2. Herausarbeiten der dreiteiligen Struktur des Textes
3. Vergleichende Wortschatzanalyse zwischen epischem Eingang und epischem Schluß (verwendete Substantive, Adjektive und Verben)
4. Untersuchung des Dialogs zwischen den beiden Hauptpersonen: Herausarbeiten der verschiedenen Phasen im Verhalten des Jungen, Herausarbeiten der Absicht des Mannes
5. Untersuchung der Sprachgestalt
   Wie spricht der Junge? Wie spricht der Mann? (Grammatikalische Analyse, Syntax, Wortwahl)
6. Herausarbeiten des Motivgegensatzes (Ratten – Kaninchen) und seiner Funktion

Methodische Variante:
Abbruch der Lektüre vor dem Schluß – Schüler erfinden selbst einen Schluß und vergleichen ihn mit dem vorhandenen Textschluß
(Ansatz: Wortschatzanalyse des epischen Eingangs)

Hausaufgabe:
Beantwortung der Leitfragen (vgl. Tafelbild) oder Inhaltsangabe

Tafelanschrift

Thema: schicksalhafte Begegnung zwischen einem Jungen und einem Mann

dreiteilige Struktur des Textes

erzählender Eingang

Umwelt: hohl, vereinsamt, düster, tot und leblos

Welt der Zerstörung

Apathie, Hoffnungslosigkeit

der Dialog zwischen den beiden Hauptpersonen

die Begegnung und ihre Folgen für das Verhalten des Jungen

1. Angst, Mißtrauen
   „Das kann ich nicht sagen“
2. Unsicherheit
3. abwartendes Vertrauen
4. Preisgabe des Geheimnisses

„Nachts schlafen die Ratten doch“

Begeisterung
Änderung der Lebenseinstellung
Wendepunkt

erzählender Schluß

Umwelt: grün, hoffnungsvoll

Andeutung der Hoffnung auf eine neue Einstellung des Jungen zum Leben

Ratten — Verdeutlichung durch den Motivgegensatz — **Kaninchen**

Leitfragen:
1. Wie gewinnt der Mann das Vertrauen des Jungen?
2. Wie beurteilst du die Lüge des Mannes?
3. Erkläre die Funktion des Motivgegensatzes Ratten – Kaninchen!

Tafelanschrift

erzählender Eingang	Wortschatzanalyse	erzählender Schluß
Fenster, Mauer, Abendsonne, Schuttwüste, Staubgewölke, Schornsteinreste	Substantive Gegensatz	Mann, Sonne, Korb, Kaninchenfutter, Schutt
↓		↓
Reizworte, mit negativen Assoziationen besetzt	← Gegensatz →	neben negativ besetzten nun auch positiv besetzte Wörter
hohl, vereinsamt, blaurot, (Trauer?)	Adjektive Gegensatz	krumm, rot, grün, grau (Hoffnung?)
gähnen, flimmern, dösen Zustandsverben = Statik	Verben Gegensatz	rufen, sehen, hinabschauen, schwenken Verben der Bewegung = Dynamik – Veränderung

3. Stunde: Wolfgang Borchert, Nachts schlafen die Ratten doch (2. Variante)

Lernziele:
Die Schüler sollen
- die dreiteilige Struktur des Textes erkennen
- die Situation des Jungen erkennen und verstehen
- die Auswirkungen des Gesprächs auf das Verhalten des Jungen erkennen
- den stufenweisen Abbau des Mißtrauens erkennen
- die Lüge des Mannes und ihre Bedeutung für den Jungen erkennen und beurteilen
- den Motivgegensatz Ratten – Kaninchen erkennen, zuordnen und erläutern können
- die Begegnung als Wendepunkt im Leben des Jungen begreifen
- die Gegensätze der Umwelt im epischen Eingang und Schluß erkennen und ihre Bedeutung begreifen und erläutern können
- die Verwendung von Umgangssprache am Text nachweisen können

Lehrform: entwickelnd – erörternd oder Gruppenarbeit

Lernschritte:
1. Vorlesen durch den Lehrer als motivierender Einstieg (gegebenenfalls Sacherklärungen)
2. Herausarbeiten der dreiteiligen Struktur des Textes
3. Vergleichende Wortschatzanalyse zwischen epischem Eingang und epischem Schluß (verwendete Substantive, Adjektive und Verben)
4. Untersuchung des Dialogs zwischen den beiden Hauptpersonen: Herausarbeiten der verschiedenen Phasen im Verhalten des Jungen, Herausarbeiten der Absicht des Mannes
5. Untersuchung der Sprachgestalt
   Wie spricht der Junge? Wie spricht der Mann?
   (Grammatikalische Analyse, Syntax, Wortwahl)
6. Herausarbeiten des Motivgegensatzes (Ratten – Kaninchen) und seiner Funktion

Methodische Variante:
Abbruch der Lektüre vor dem Schluß – Schüler erfinden selbst einen Schluß und vergleichen ihn mit dem vorhandenen Textschluß
(Ansatz: Wortschatzanalyse des epischen Eingangs)

Hausaufgabe:
Beantwortung der Leitfragen (vgl. Tafelbild) oder Inhaltsangabe

16. Stunde: Günter Wallraff, Am Band (2)

Lernziele:

Die Schüler sollen

- erkennen, daß es durch die Veröffentlichung seiner Erfahrungen zu einem Konflikt mit der Werksleitung kommt
- die wirklichen und vorgeschobenen Motive des Konfliktes mit der Werksleitung erkennen
- die Gegensätze zwischen der Welt der Bandarbeiter und der Welt der Manager erkennen und die entsprechenden Merkmale nennen können
- die hysterische Reaktion des „Hallengottes“ als Bestätigung für die Wahrheit der Darstellung erkennen
- die Problematik der Einordnung des Textes als Kurzgeschichte erkennen
- sprachliche Besonderheiten des Textes erkennen
- eine Abgrenzung zwischen Reportage und Kurzgeschichte vornehmen können

Lehrform: entwickelnd – erörternd oder Gruppenunterricht

Lernschritte:

1. Lektüre des restlichen Textes (ab „Keiner hat gewußt, . . .“) als vorbereitende Hausaufgabe
2. Unterscheidung zwischen Ursache und Anlaß des Konflikts
3. Darstellung des Konflikts, seines Verlaufs und der unterschiedlichen Motive
4. Herausarbeitung der Gegensätze zwischen der Welt der Bandarbeiter und der Welt der „Hallengötter“
5. Wiederholung der Merkmale der Kurzgeschichte
6. Untersuchung der Struktur und Sprachgestalt des Textes
7. Erarbeitung der Unterschiede zwischen Reportage und Kurzgeschichte (gegebenenfalls unter Zuhilfenahme eines Sachwortartikels „Reportage“)

Je nach dem Lerntempo und Leistungsvermögen der Klasse ist es erforderlich, für die letzten drei Lernschritte eine eigene Stunde aufzuwenden.

Hausaufgabe:

Wiederholung: Merkmale der Kurzgeschichte und der Reportage

Tafelanschrift

der Konflikt mit der Werksleitung

Vorwürfe der Werksleitung

Die Veröffentlichung sei zumindest gewaltig übertrieben, eine „diffamierende Lüge“

a) Verstoß gegen die Arbeitsordnung
b) Hausfriedensbruch

auslösendes Moment:
Veröffentlichung der Mißstände im Werk

eigentliches Motiv

Angst um das Image der Firma

Darstellung des Konfliktes

Welt der Bandarbeiter ← Gegensatz zweier Welten → **Welt der Manager (Hallengötter)**

- lackbespritzte Arbeitsschürze
- brandender Arbeitslärm

äußere Merkmale
(Gegensatz)

- blütenweiße Hemden
- farbiger, freundlicher Raum mit schalldichten Wänden

Ausbeutung durch das Fließband „Ausgeliefertsein“ ← eigentlicher Gegensatz → **Profit durch das Fließband Steigerung der Produktionskapazität**

Bestätigung der Wahrheit

1. durch die hysterische Reaktion des Hallengottes und
2. die Hitzeerleichterung

Die Einordnung dieses Textes in die Gattung Kurzgeschichte ist problematisch (thematisch wie auch strukturell).
Man kann ihn eher der Form Reportage zuordnen.

14. Stunde:
Günther Weisenborn, Die Aussage

Lernziele:

Die Schüler sollen

- die Schwierigkeiten einer Kommunikation unter extremen Bedingungen erkennen
- wissen, daß zur Übermittlung von Informationen bestimmte Voraussetzungen gegeben sein müssen
- die Begriffe Sender, Mitteilung, Empfänger, Kodierung und Dekodierung kennen und erläutern können
- das Grundmodell sprachlicher Kommunikation kennen und erläutern können

Lehrform: entwickelnd – erörternd

Lernschritte:

1. Lektüre des Textes als Hausaufgabe oder motivierender Einstieg
2. Herausarbeiten der Ausgangssituation
3. Erarbeiten eines allgemeinen Kommunikationsmodells aus der im Text dargestellten konkreten Situation
4. Erläuterung der Begriffe Sender, Mitteilung und Empfänger, Kodierung und Dekodierung als wesentliche Bestandteile eines Kommunikationsprozesses
5. Untersuchung der Textstruktur
6. Einordnung des Textes als Kurzgeschichte

Hausaufgabe:

Beantwortung der Frage: Welche Bedingungen sind zum Gelingen von Kommunikation notwendig?

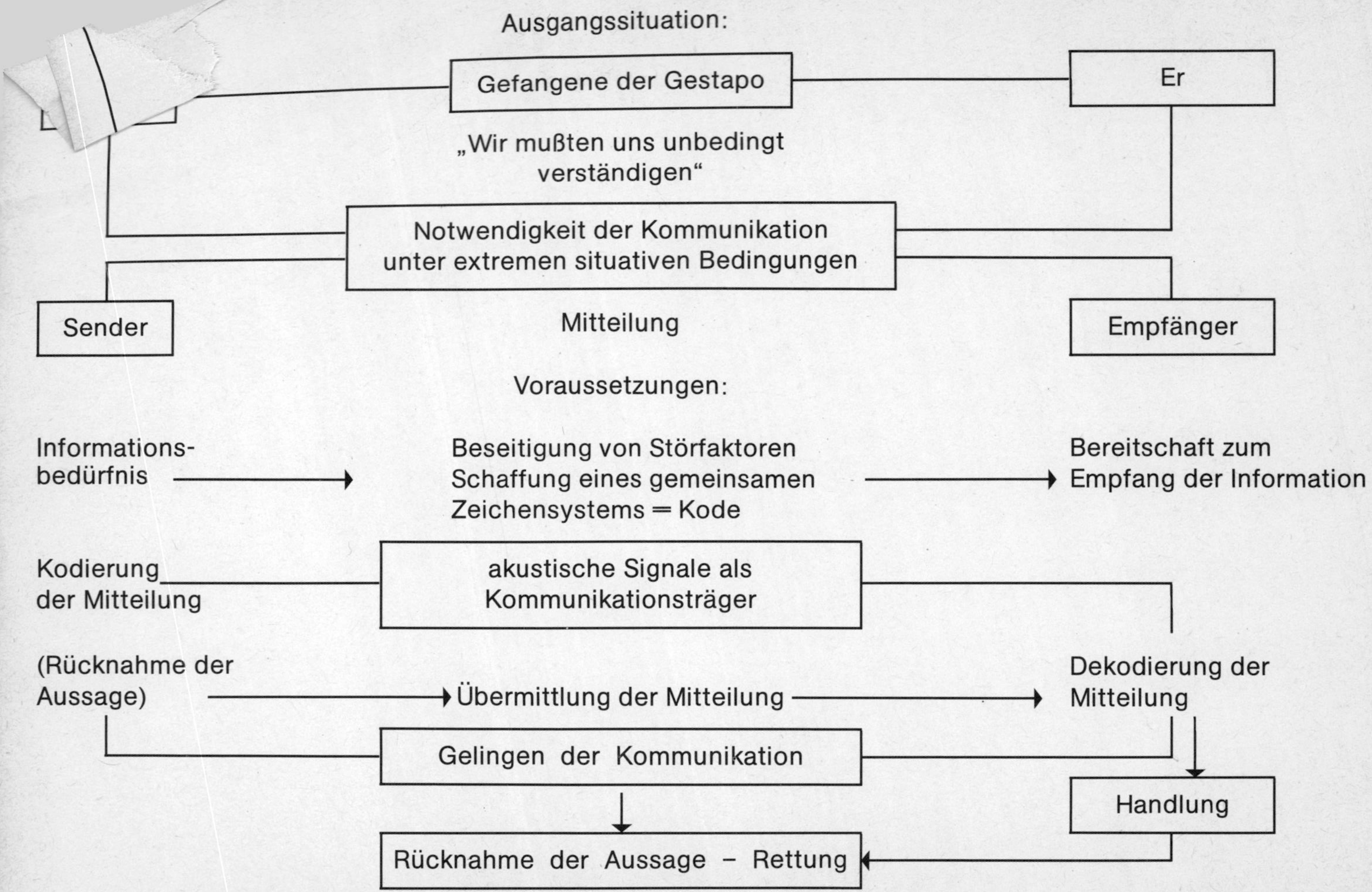

Beilage zu 92738

15. Stunde:
Günter Wallraff, Am Band (1)

Lernziele:

Die Schüler sollen

- den Text gliedern können
- einen Einblick in die Arbeitswelt des Fließbandarbeiters gewinnen und diese beschreiben können
- die Arbeit am Band und ihre Auswirkungen erkennen und kritisch betrachten
- den Wert des Bandarbeiters für die Werksleitung erkennen
- erkennen, daß der Bandarbeiter eine anonyme Nummer ist
- erkennen, daß der Text aus der Perspektive eines erlebenden Ichs geschrieben ist
- erkennen, daß es durch die Veröffentlichung seiner Erfahrungen zu einem Konflikt mit der Werksleitung kommt

Lehrform: entwickelnd – erörternd oder Gruppenunterricht

Lernschritte:

1. Lektüre des ersten Teiles als vorbereitende Hausaufgabe („Arbeit am Fließband“ bis „Urlaub abstottern muß“)
2. Gliederung des ersten Textteils in Sinnabschnitte
3. Merkmale der Arbeit am Fließband und ihrer Auswirkungen auf den Bandarbeiter herausarbeiten
4. Herausarbeiten der Erzählperspektive (Wiedergabe eigener und fremder Beobachtungen und Erfahrungen)

Hausaufgabe:

Wiederholung; Lektüre des restlichen Textes (ab „Keiner hat gewußt, . . .“)

rift

Beschreibung der Arbeitswelt am Fließband
aus der Perspektive eines Fließbandarbeiters

die Arbeit am Band

ewige Eintönigkeit

das Ausgeliefertsein

Vergrößerung des Stresses durch Rationalisierung

(eigene Erfahrung, Erfahrung anderer)

die Auswirkung der Arbeit am Band

seelische und körperliche Schäden

Abstumpfung, Unzufriedenheit

Arbeiter = Sklave des Bandes

„einige sind vom Band gezeichnet“

der Wert des Bandarbeiters für die Werksleitung

Feuerschutz für die kostbaren Maschinen
(nicht für die Menschen)

Kontrollen beim Verlassen des Werksgeländes
„Man behandelt euch wie Verbrecher“

Diskriminierung von Gastarbeitern

Werkswohnung
(„Ausnützung der Wohnungsnot“)

Bandarbeiter = anonyme Nummer

→ Veröffentlichung seiner Erfahrungen und Eindrücke

→ der Konflikt mit der Werksleitung

Die Kurzgeschichte ist das literarische Produkt einer Auseinandersetzung des Dichters mit der Wirklichkeit

Merkmale der Kurzgeschichte

Struktur

unvermittelter Beginn

Steigerung bis zum Höhepunkt (der oft auch Wendepunkt ist)

unvermittelter offener Schluß

Thematik

Ausschnitt aus dem Leben eines Menschen,

der durch ein schicksalhaftes Ereignis gekennzeichnet ist und

zu einem Wendepunkt in seiner Entwicklung oder in seinem Leben führt oder eine Verhaltensänderung bewirkt

Sprache

nüchtern, knapp, sachlich, oft nur andeutend

Funktionalismus

realitätsnahe (oft bildhafte) Umgangssprache

Intention

Die Kurzgeschichte wirkt wie eine „atemlos heruntergeschriebene keuchend kurze Mitteilungsform“ (Schnurre) mit einer Moral und hat eine (didaktisch) aufklärerische

4. Stunde:
Merkmale der Kurzgeschichte

Lernziele:

Die Schüler sollen

- die vorgegebenen Texte unter den Gesichtspunkten der Thematik, Struktur und Sprache miteinander vergleichen können
- Gemeinsamkeiten aus diesem Vergleich erkennen
- wissen, daß die erarbeiteten Gemeinsamkeiten Merkmale der modernen Kurzgeschichte sind

Lehrform: entwickelnd – erörternd oder arbeitsteiliger Gruppenunterricht

Lernschritte:

1. Inhaltsangabe der oben behandelten Texte (gegebenenfalls als Hausaufgabe)
2. Erarbeitung der Vergleichskriterien zur gattungstypologischen Einordnung der Texte
3. vergleichende Betrachtung von Thematik, Struktur und Sprache
4. Herausarbeiten der Gemeinsamkeiten
5. Erarbeiten einer Definition mit einer Zusammenstellung der Merkmale der Kurzgeschichte

2. Stunde: Günther Weisenborn, Zwei Männer

Lernziele:

Die Schüler sollen

- den Text gliedern können
- die Struktur des Textes erkennen
- den Aussagegehalt (Bewährung des Menschen in einer Grenzsituation) in einem textimmanenten Interpretationsverfahren erkennen
- Besonderheiten des Sprachstils erkennen
- Einsichten in menschliche Verhaltensweisen gewinnen
- fremde Konfliktsituationen verstehen lernen

Lehrform: entwickelnd – erörternd
oder arbeitsteiliger Gruppenunterricht

Lernschritte:

1. Sacherklärungen (Fremdwörter)
2. Vorlesen des Textes (entfällt, wenn die Lektüre des Textes als Hausaufgabe zu leisten ist)
3. Gliederung des Textes nach dem Schauplatz der Handlung (wenn nicht schon als Hausaufgabe gestellt)
4. Herausarbeiten der durch die Naturkatastrophe ausgelösten verschiedenen Verhaltensweisen der beiden Männer und ihrer Motive
5. Untersuchung der Sprachgestalt des Textes; Einordnung der Sprache als Umgangssprache
6. Untersuchung und Herausarbeitung der Textstruktur

Methodische Variante:
Abbruch der Lektüre vor dem Ende – Schüler erfinden Ende – Vergleich der beiden Textschlüsse

Hausaufgabe:

Beantwortung der Frage: Gibt es Ähnlichkeiten inhaltlicher und formaler Art zwischen dieser Geschichte und der von Herbert Malecha?

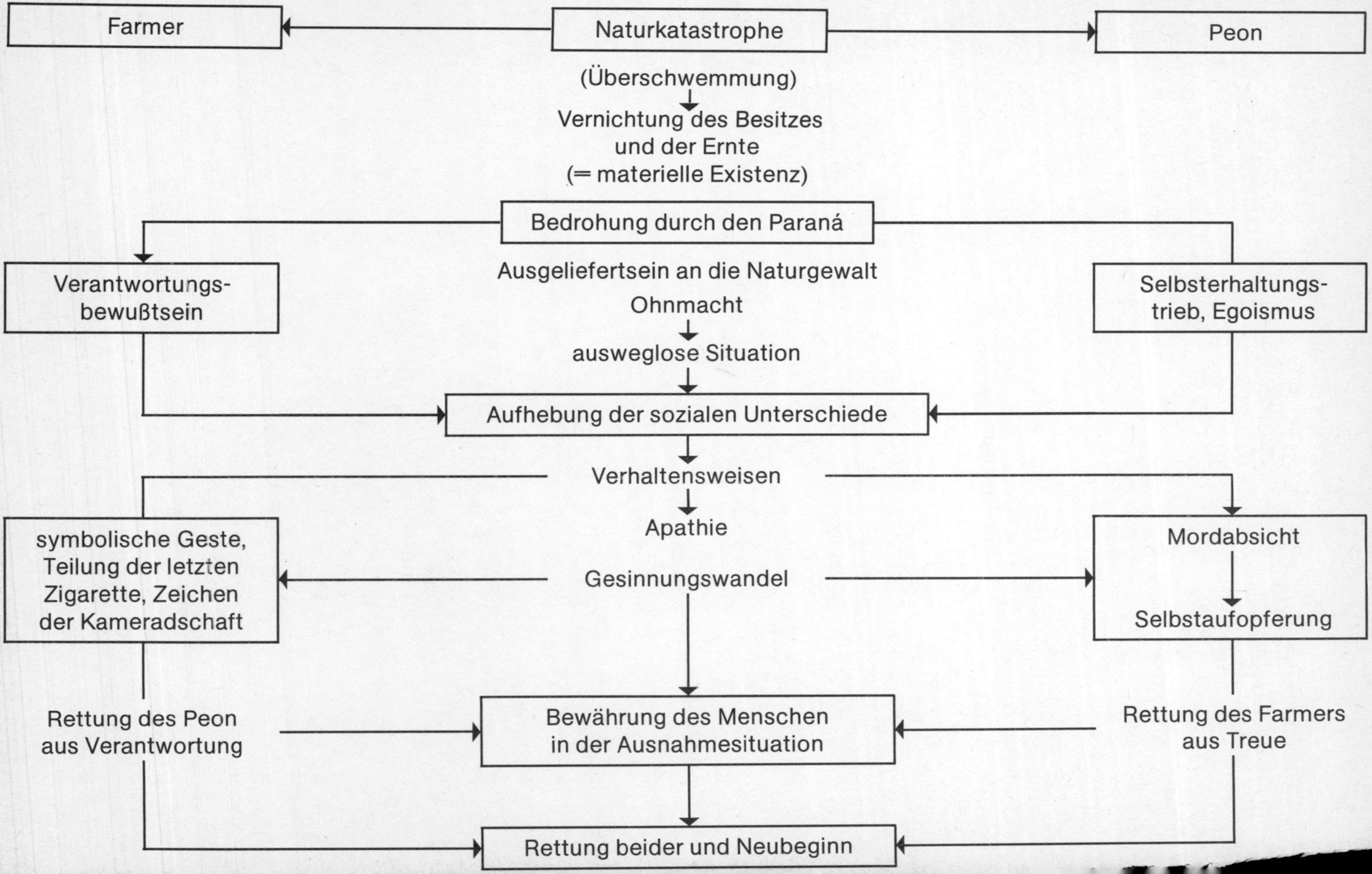
Farmer
Naturkatastrophe
Peon
(Überschwemmung)
Vernichtung des Besitzes
und der Ernte
(= materielle Existenz)
Bedrohung durch den Paraná
Verantwortungs-
bewußtsein
Ausgeliefertsein an die Naturgewalt
Ohnmacht
ausweglose Situation
Selbsterhaltungs-
trieb, Egoismus
Aufhebung der sozialen Unterschiede
Verhaltensweisen
Apathie
Gesinnungswandel
symbolische Geste,
Teilung der letzten
Zigarette, Zeichen
der Kameradschaft
Mordabsicht
Selbstaufopferung
Rettung des Peon
aus Verantwortung
Bewährung des Menschen
in der Ausnahmesituation
Rettung des Farmers
aus Treue
Rettung beider und Neubeginn

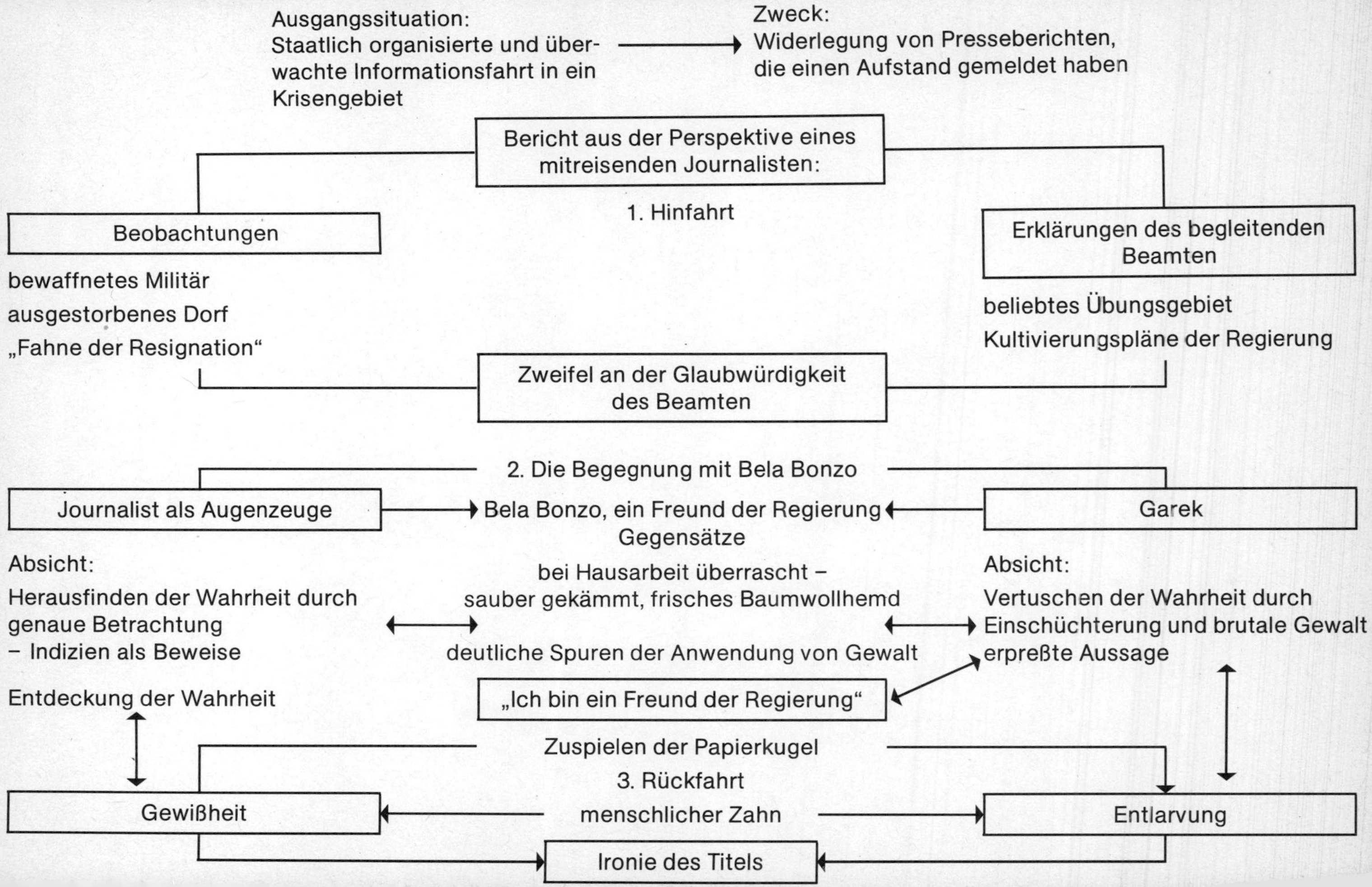
Ausgangssituation:
Staatlich organisierte und überwachte Informationsfahrt in ein Krisengebiet
Zweck:
Widerlegung von Presseberichten, die einen Aufstand gemeldet haben
Bericht aus der Perspektive eines mitreisenden Journalisten:
1. Hinfahrt
Beobachtungen
bewaffnetes Militär
ausgestorbenes Dorf
„Fahne der Resignation“
Erklärungen des begleitenden Beamten
beliebtes Übungsgebiet
Kultivierungspläne der Regierung
Zweifel an der Glaubwürdigkeit des Beamten
2. Die Begegnung mit Bela Bonzo
Journalist als Augenzeuge
Bela Bonzo, ein Freund der Regierung
Garek
Gegensätze
bei Hausarbeit überrascht –
sauber gekämmt, frisches Baumwollhemd
deutliche Spuren der Anwendung von Gewalt
Absicht:
Herausfinden der Wahrheit durch genaue Betrachtung
– Indizien als Beweise
Absicht:
Vertuschen der Wahrheit durch Einschüchterung und brutale Gewalt
erpreßte Aussage
Entdeckung der Wahrheit
„Ich bin ein Freund der Regierung“
Zuspielen der Papierkugel
3. Rückfahrt
menschlicher Zahn
Gewißheit
Entlarvung
Ironie des Titels

17. Stunde:
Siegfried Lenz, Ein Freund der Regierung

Lernziele:
Die Schüler sollen
- den Anlaß und den eigentlichen Grund der Informationsreise erkennen
- die brutale Gewalt als Mittel der Einschüchterung in totalitären Staaten erkennen
- erkennen, daß Bela Bonzo kein Freund der Regierung ist
- Garek als Lügner entlarven
- die Ironie des Titels erkennen
- erkennen, daß die Wahrheit „zwischen den Zeilen" erkennbar ist
- Merkmale der Struktur und Sprachgestalt des Textes herausarbeiten können

Lehrform: entwickelnd – erörternd
oder arbeitsteiliger Gruppenunterricht

Lernschritte:
1. Lektüre und Gliederung des Textes anhand der Schauplätze (kann bereits als vorbereitende Hausaufgabe geleistet werden)
2. Herausarbeiten der Ausgangssituation und der Erzählperspektive
3. Herausarbeiten der Unterschiede zwischen den Beobachtungen des Journalisten und den Erklärungen Gareks
4. Herausarbeiten der gegensätzlichen Absichten Gareks und des Journalisten
5. Herausarbeiten der Ironie des Titels
6. Beschreibung der Struktur und Sprachgestalt
7. Einordnen des Textes als Kurzgeschichte

Hausaufgabe:
Beantwortung der Frage: Inwiefern weist der Text Merkmale der Kurzgeschichte auf?

12. Stunde:
Bertolt Brecht, Der Augsburger Kreidekreis (2)

Lernziele:

Die Schüler sollen

- Ignaz Dollinger charakterisieren und seine Prozeßführung beurteilen
- die Ergebnislosigkeit der Beweisaufnahme erkennen
- den Sinn der Kreidekreis-Probe erkennen
- das unterschiedliche Verhalten der beiden Frauen erkennen und begründen können
- den Richterspruch deuten können
- die im Text verwendete Sprache als Umgangssprache erkennen

Lehrform: entwickelnd – erörternd oder Gruppenunterricht

Lernschritte:

1. Wiederholung des Ergebnisses der letzten Stunde
2. Charakterisierung und Beurteilung des Richters Ignaz Dollinger
3. Herausarbeiten der Beweisaufnahme
4. Deutung der Kreidekreisprobe und des Richterspruches
5. Untersuchung der Struktur und Sprachgestalt des Textes
6. Diskussion über die Problematik der Einordnung des Textes
   (Unterschied: Novelle – Kurzgeschichte; Vergleich mit der Novelle H. v. Kleist, Erdbeben in Chili)

Der Prozeß vor Ignaz Dollinger

ganz besonderer Mann – berühmt
wegen seiner Grobheit und Gelehrsamkeit

Frau Zingli

belastet Anna durch eine falsche Aussage

Anna

sagt die Wahrheit

Vernehmung der Zeugen
(Beweisaufnahme)

Widersprüche

Aussage gegen Aussage

Ergebnislosigkeit der Beweisaufnahme

„Es ist nicht festgestellt worden,
wer die rechte Mutter ist.“

Kreidekreis-Probe

Grundgedanke: die echte Mutter
wird an ihrer Liebe zum Kind erkannt
die Stärke der Liebe muß erprobt werden

Frau Zingli

reißt das Kind an sich

Anna

läßt das Kind los, um ihm nicht weh zu tun

gegensätzliche Verhaltensweisen

Besitzanspruch auf das Erbe — Motive — Liebe zum Kind

Richterspruch: „Und somit wissen wir,
wer die rechte Mutter ist.“

11. Stunde:
Bertolt Brecht, Der Augsburger Kreidekreis (1)

Lernziele:

Die Schüler sollen

- die Ausgangssituation erkennen
- die durch die Plünderung der Gerberei ausgelösten gegensätzlichen Verhaltensweisen erkennen
- erkennen, daß die beiden Frauen zwei Gesellschaftsklassen repräsentieren
- die gegensätzlichen Motive beim Streit um das Kind erkennen
- begründen können, warum es zum Prozeß kommt
- die lebensnahe Prosasprache erkennen

Lehrform: entwickelnd – erörternd oder Gruppenunterricht

Lernschritte:

1. Lektüre des 1. Teiles des Textes (bis zum Prozeß) als vorbereitende Hausaufgabe
2. gegebenenfalls Sacherklärungen
3. Herausarbeiten der Ausgangssituation
4. vergleichende Analyse des Verhaltens der beiden Frauen als Repräsentanten zweier Gesellschaftsklassen
5. Herausarbeiten der gegensätzlichen Motive beim Streit um das Kind
6. Herausarbeiten der lebensnahen Prosasprache

Hausaufgabe:

Wiederholung als Anknüpfung für die nächste Stunde; vorbereitende Lektüre des zweiten Teils (Prozeß)

Tafelanschrift

Ausgangssituation: Besetzung Augsburgs durch die Katholischen zur Zeit des 30jährigen Krieges

	Plünderung der Gerberei Ermordung Zinglis	
Frau Zingli	gegensätzliche Verhaltensweisen	die Magd Anna
Sorge um Schmuck und Kleider		Flucht
Flucht: läßt dabei ihr Kind zurück	[gesellschaftliches Sein bestimmt das Bewußtsein]	Rettung des Kindes unter Lebensgefahr
Verleugnung des eigenen Kindes	Gegensatz ↓	nimmt sich des Kindes an und zieht es unter Entbehrungen auf
	der Streit um das Kind	
Erbe der Gerberei materieller Besitz	gegensätzliche Motive	Liebe und Sorge um das Kind
	der Prozeß vor Ignaz Dollinger	
	ganz besonderer Mann – berühmt wegen seiner Grobheit und Gelehrsamkeit	

13. Stunde:
Heinrich Böll,
Anekdote zur Senkung der Arbeitsmoral

Lernziele:
Die Schüler sollen
- die dreiteilige Struktur des Textes erkennen
- den äußeren Gegensatz zwischen den beiden Hauptpersonen erkennen
- den Gegensatz von Hektik und Ruhe erkennen und den beiden Personen zuordnen können
- erkennen, daß der Fischer und der Tourist zwei verschiedene Einstellungen zum Sinn und Zweck der Arbeit haben
- die Verwandlung von Mitleid in Neid als ein „Wendepunktereignis“ für den Touristen erkennen
- den Text als Kurzgeschichte erkennen

Lehrform: entwickelnd – erörternd oder Gruppenunterricht

Lernschritte:
1. Lektüre des Textes als vorbereitende Hausaufgabe oder Lektüre als motivierender Einstieg
2. Erarbeiten einer Textgliederung (dreiteilige Struktur)
3. Herausarbeiten der äußeren Unterschiede zwischen den beiden Hauptpersonen
4. Herausarbeiten der unterschiedlichen Einstellung zur Arbeit
5. Untersuchung der Sprachgestalt
6. Herausarbeiten der lehrhaften Absicht
7. Erörterung der gattungstypologischen Einordnung des Textes (Anekdote oder Kurzgeschichte)

Hausaufgabe:
gegliederte Inhaltsangabe

① erzählender Eingang
Ausgangssituation – Schauplatz
„In einem Hafen an einer westlichen Küste Europas“
Beschreibung der Begegnung der

Fischer — Hauptpersonen — Tourist

ärmlich gekleidet
dösend, schläfrig

äußerer Gegensatz

schick angezogen,
eifrig, eilfertig, flink

Ruhe — „gereizte Verlegenheit“ — Hektik

Überbrückung durch ein Gespräch

② das Gespräch

Fischer — Gesprächsgegenstand: — Tourist
Einstellung zur Arbeit
(Warum arbeitet der Mensch?)

zufrieden mit dem, was er hat

arbeitet, um zu leben

aber das tue ich
ja schon jetzt

Gegensatz

Warum?

Mitleid mit dem Fischer

lebt, um zu arbeiten

durch mehr Arbeit mehr
verdienen, um ruhig im
Hafen zu sitzen

③ erzählender Schluß

Nachdenklichkeit des Touristen

„keine Spur von Mitleid – nur ein wenig Neid“

9. Stunde:
Kurt Kusenberg, Ein verächtlicher Blick

Lernziele:

Die Schüler sollen

- erkennen, was ein harmloser Vorfall auslösen kann
- die Diskrepanz zwischen Ursache und Wirkung erfassen
- die karikierenden Elemente des Textes erkennen
- die Steigerung der Spannung erkennen
- die Aussageintention des Textes erkennen

Lehrform: entwickelnd – erörternd oder Gruppenarbeit

Lernschritte:

1. Lektüre des Textes als vorbereitende Hausaufgabe
2. Herausarbeiten des Handlungsgefüges
3. Herausarbeiten der Diskrepanz zwischen Ursache und Wirkung
4. Herausarbeiten der karikierenden Elemente des Textes und ihrer Funktion
5. Wiederholen der Merkmale der Kurzgeschichte
6. Herausarbeiten der Problematik der gattungstypologischen Einordnung des Textes als Kurzgeschichte

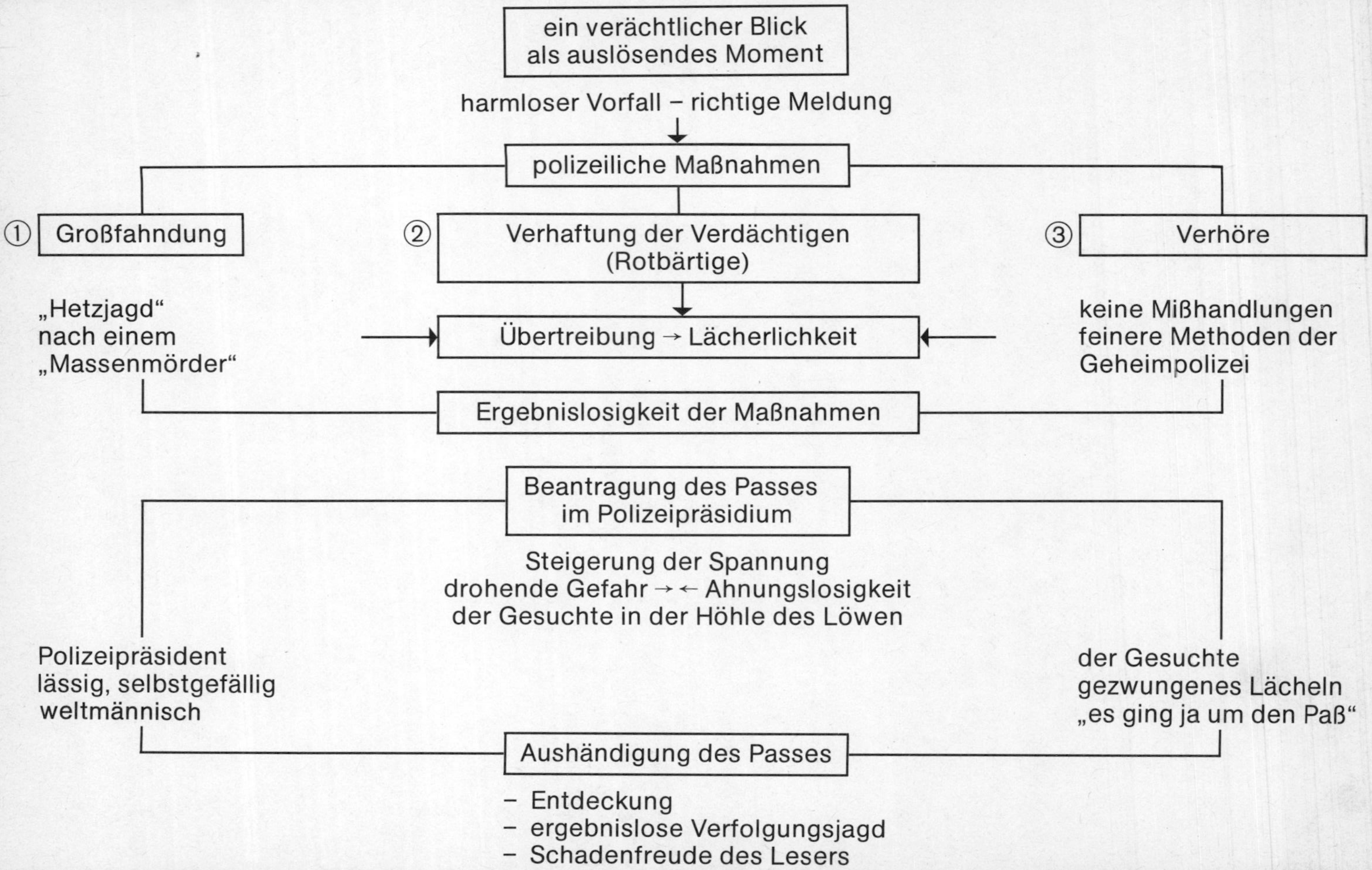
ein verächtlicher Blick
als auslösendes Moment
harmloser Vorfall – richtige Meldung
polizeiliche Maßnahmen
① Großfahndung
② Verhaftung der Verdächtigen
(Rotbärtige)
③ Verhöre
„Hetzjagd“
nach einem
„Massenmörder“
Übertreibung → Lächerlichkeit
keine Mißhandlungen
feinere Methoden der
Geheimpolizei
Ergebnislosigkeit der Maßnahmen
Beantragung des Passes
im Polizeipräsidium
Steigerung der Spannung
drohende Gefahr →← Ahnungslosigkeit
der Gesuchte in der Höhle des Löwen
Polizeipräsident
lässig, selbstgefällig
weltmännisch
der Gesuchte
gezwungenes Lächeln
„es ging ja um den Paß“
Aushändigung des Passes
– Entdeckung
– ergebnislose Verfolgungsjagd
– Schadenfreude des Lesers

1. Stunde:
Herbert Malecha, Die Probe

Lernziele:

Die Schüler sollen
- die Thematik des Textes erkennen
- den Aussagegehalt des Textes erfassen
- die Struktur des Textes (expositionsloser unvermittelter Beginn, Steigerung bis zum Höhepunkt, unvermittelter offener Schluß) erkennen
- die Wassermetaphorik und ihre Funktion erkennen
- erkennen, daß ein Mensch sich nicht verleugnen kann
- die beiden Proben im Lokal und in der Ausstellung erkennen und den Unterschied erklären können

Lehrform: entwickelnd – erörternd
oder arbeitsteiliger Gruppenunterricht

Lernschritte:
1. Lektüre und Gliederung in Sinnabschnitte (nach dem Schauplatz der Handlung) als vorbereitende Hausaufgabe
2. Herausarbeitung der beiden Proben: im Lokal und in der Ausstellung
   Vergleich der beiden Proben
3. Herausarbeitung der Struktur des Textes
4. Untersuchung der Wassermetaphorik und ihrer Funktion

   Die Stunde kann auch mit dem Vorlesen der Geschichte durch den Lehrer begonnen werden

Hausaufgabe:

Beantwortung der Frage:
Warum entlarvt Jens Redluff sich selbst?

Tafelanschrift

Expositionsloser Beginn
Ausgangssituation:

① **Jens Redluff, ein gesuchter Verbrecher, wagt sich nach dreimonatigem Untertauchen wieder auf die Straße** — (Erwecken der Spannung)

Unsicherheit: Welle von Schwäche
(„Kontakt aufnehmen mit dem Leben“)

② **die Probe im Lokal** → ③ **auf der Straße** → ④ **die Probe in der Ausstellung**

② anfängliche Unsicherheit
gut gefälschter Paß
„war plötzlich ganz ruhig“

③ „Er gehörte wieder dazu“
im Sog der Menge

④ hunderttausendster Besucher
nennt selbst seinen richtigen Namen

Sicherheit → **Steigerung der Sicherheit** → **unvermittelte Selbstentlarvung**

Ausweiskontrolle → **Steigerung der Spannung** → Höhepunkt und Wendepunkt
offener Schluß

sprachliche Besonderheit: Wassermetaphorik ⟷ Auf der Straße (Koppelung mit dem Schauplatz)

Funktion: Veranschaulichung und Verdeutlichung des Verhaltens von Redluff in der Menge und seiner Gedanken

Beispiele: „Platzregen von Gesichtern“
„wie ein Kork auf dem Wasser tanzt“
„abgestoßen und weitergetrieben“

7. Stunde:
Marie-Luise Kaschnitz, Popp und Mingel

Lernziele:

Die Schüler sollen

- erkennen, daß der Junge in zwei verschiedenen Welten lebt (Wirklichkeit und Phantasie)
- erkennen, daß die Wunschfamilie mit Popp und Mingel ein Ersatz für die Wirklichkeit ist
- den Gegensatz zwischen den beiden Welten und den Familien erkennen und durch Textbeispiele belegen können
- den Verlust der Ersatzfamilie als auslösendes Moment des Brandes erkennen
- erkennen, daß es sich um eine Affekthandlung handelt
- erkennen, daß dieses Ereignis einen Wendepunkt im Leben des Jungen bedeutet
- die im Text implizierte Kritik am Elternhaus erkennen
- die Struktur des Textes, die Erzählperspektive und den Zeitenwechsel und seine Funktion erkennen
- erkennen, daß der Text eine Kurzgeschichte ist

Lehrform: entwickelnd – erörternd oder arbeitsteiliger Gruppenunterricht

Lernschritte:

1. Vorlesen durch den Lehrer als motivierender Einstieg (oder Lektüre als vorbereitende Hausaufgabe)
2. Herausarbeiten und Gegenüberstellung von: Wirklichkeit und Phantasie, wirklicher Familie und Wunschfamilie
3. Herausarbeiten von Ursache und Wirkung der „Brandkatastrophe“
4. Herausarbeiten der im Text enthaltenen Kritik am Elternhaus
5. Herausarbeiten der Erzählperspektive des Zeitenwechsels und seiner Funktion
6. Einordnen des Textes als Kurzgeschichte

(Diskussion über das weitere Verhalten der Eltern)

Hausaufgabe:

Inhaltsangabe oder Beantworten der Frage:
Welche Aussage hat der Text?

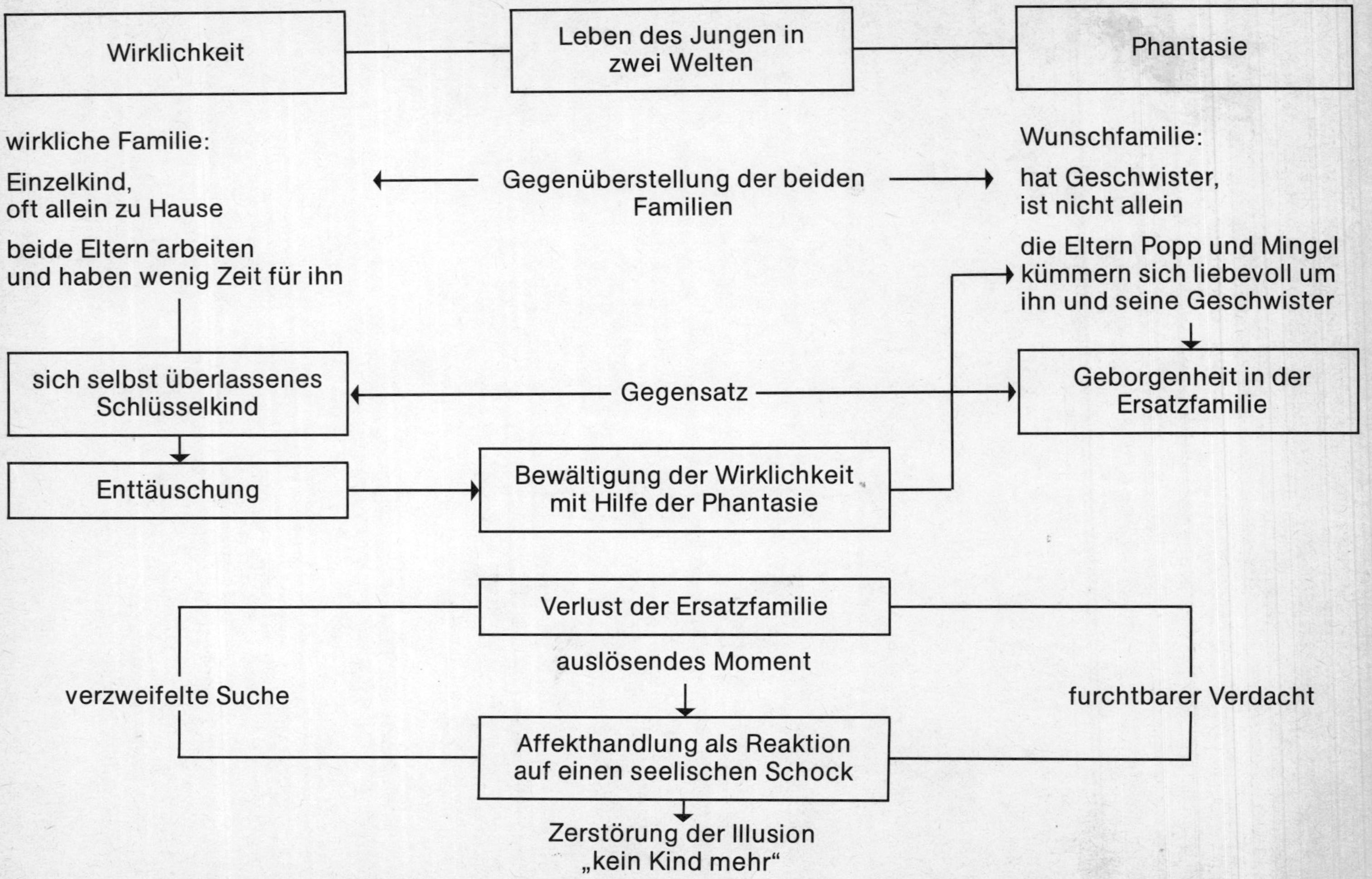
Wirklichkeit
Leben des Jungen in zwei Welten
Phantasie
wirkliche Familie:
Einzelkind, oft allein zu Hause
beide Eltern arbeiten und haben wenig Zeit für ihn
Gegenüberstellung der beiden Familien
Wunschfamilie:
hat Geschwister, ist nicht allein
die Eltern Popp und Mingel kümmern sich liebevoll um ihn und seine Geschwister
sich selbst überlassenes Schlüsselkind
Gegensatz
Geborgenheit in der Ersatzfamilie
Enttäuschung
Bewältigung der Wirklichkeit mit Hilfe der Phantasie
Verlust der Ersatzfamilie
auslösendes Moment
verzweifelte Suche
furchtbarer Verdacht
Affekthandlung als Reaktion auf einen seelischen Schock
Zerstörung der Illusion „kein Kind mehr“

5. Stunde:
Hans Bender, Iljas Tauben

Lernziele:

Die Schüler sollen

- Zeit und Ort der Handlung erkennen
- die Skrupellosigkeit und den Egoismus des Leutnants erkennen
- den Burschen als Idealisten erkennen
- die Verhaltensänderung als Wendepunkt im Leben des Burschen begreifen
- den Tod des Leutnants als Strafe für sein bedenkenloses Verhalten auffassen
- den Einfluß des Krieges auf die Verhaltensweisen der Menschen erkennen
- sprachliche und formale Besonderheiten des Textes erkennen
- erkennen, daß es sich bei dem Text um eine Kurzgeschichte handelt

Lehrform: entwickelnd – erörternd oder Gruppenarbeit

Lernschritte:

1. Vorlesen durch den Lehrer mit den notwendigen Sacherklärungen (z. B. Lokalisierung des Schauplatzes der Handlung, Ortsnamen, Fachbegriffe), gegebenenfalls Lektüre als Hausaufgabe
2. Herausarbeiten des Verhältnisses der beiden Hauptpersonen (wie es bislang immer war)
3. Herausarbeiten von Ursache und Verlauf der Verhaltensänderung des Burschen
4. Untersuchung der Sprachgestalt und Textstruktur
5. Einordnen des Textes als Kurzgeschichte

Hausaufgabe:

Beantwortung der Frage: Warum wird der Leutnant erschossen?

Tafelanschrift

Zeit: 2. Weltkrieg
Ort: Südrußland

Darstellung der Begebenheit aus der Perspektive eines Beteiligten

Leutnant	← Hauptpersonen →	Bursche
ißt gerne Tauben	Einfluß des Krieges auf Charakter und Verhaltensweisen des Menschen	Organisieren der Tauben
→	Iljas Tauben	←
	Versuch, die Tauben zu bekommen, scheitert am Widerstand der Mutter	
betrügerische Absicht des Leutnants	← Tauben als Preis für die Befreiung Iljas aus dem Gefangenenlager →	Glaube an die Ehrlichkeit des Versprechens
Skrupellosigkeit Egoismus	← Gegensatz →	Idealismus
keine Verhaltensänderung (ißt die Tauben) ↓ Tod des Leutnants Strafe		Wendepunkt: Verhaltensänderung (ißt keine Tauben) ↓ Überleben des Burschen Lohn

6. Stunde:
Ilse Aichinger, Die geöffnete Order

Lernziele:
Die Schüler sollen
- den Text gliedern können
- die Ausgangssituation und ihre Folgen für das Verhalten des Melders erkennen
- das Öffnen der Order und die Folgen als schicksalhafte Wendung im Leben des Melders erkennen
- die schicksalhafte Verflechtung der Ereignisse erkennen
- den Gesinnungswandel des Melders erkennen
- erklären können, warum das Kommando eine solche „merkwürdige Chiffre für den Beginn der Aktion“ gewählt hat
- zwischen innerem und äußerem Geschehen unterscheiden können

Lehrform: entwickelnd – erörternd oder Gruppenunterricht

Lernschritte:
1. Lektüre und Gliederung (kann bereits als Hausaufgabe gestellt werden)
2. Herausarbeiten der Ausgangssituation als auslösende Ursache für das Öffnen der Order
3. Herausarbeiten der schicksalhaften Verflechtung der Ereignisse
4. Herausarbeiten des Gesinnungswandels des Melders
5. Einordnen des Textes als Kurzgeschichte und Einbeziehen der strukturellen und sprachlichen Merkmale des Textes

Tafelanschrift

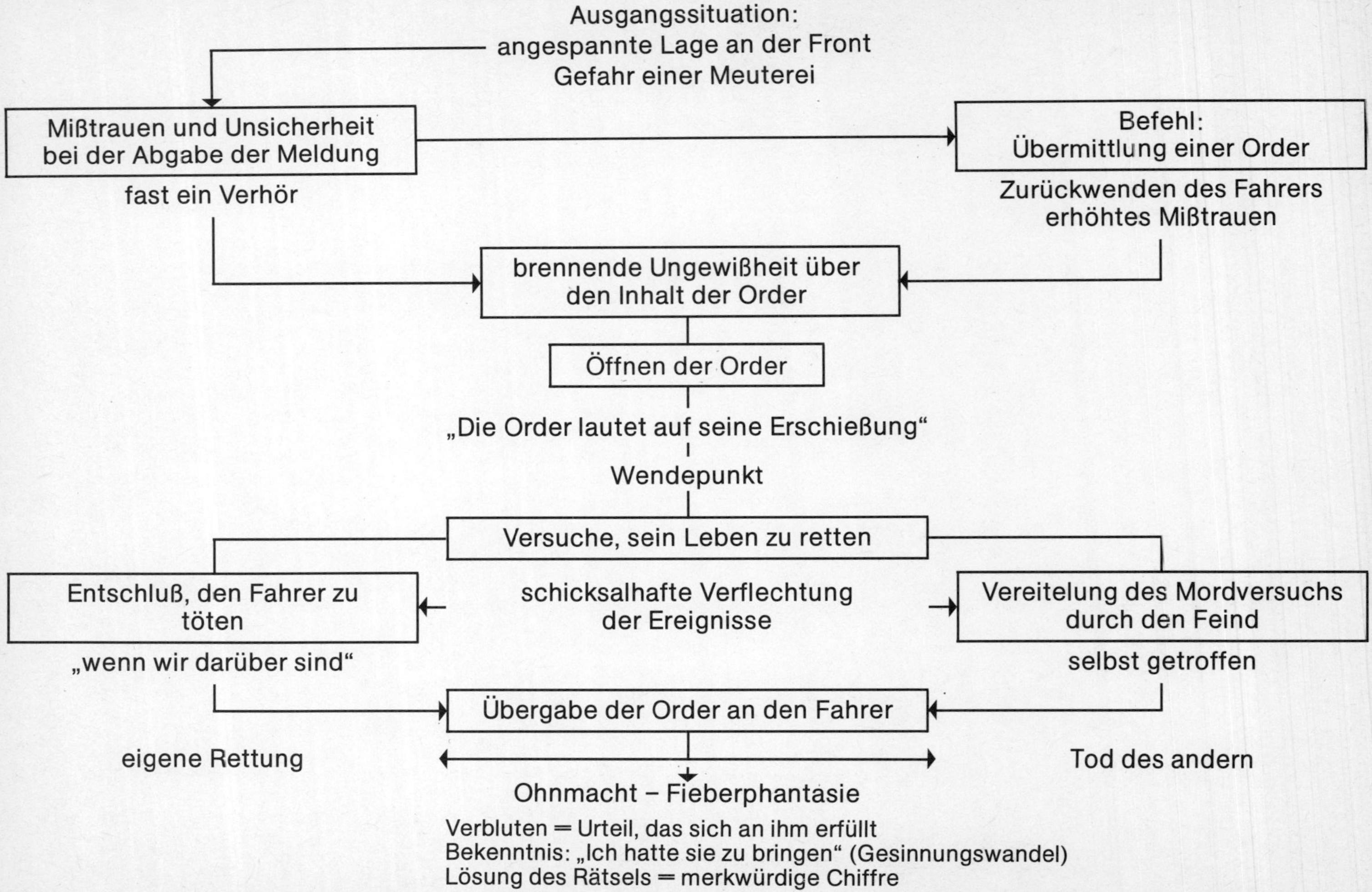

8. Stunde:
Herbert Eisenreich, Der Weg hinaus

Lernziele:

Die Schüler sollen

- die Doppeldeutigkeit des Titels erkennen
- das Vorhandensein und die Verschränkung der beiden Geschehensebenen erkennen und am Text nachweisen können
- die Technik der Zeitraffung und Zeitdehnung im Hinblick auf die erzählte Zeit erkennen
- die Ursachen und Gründe für den Weg hinaus erkennen und nennen können
- die Thematik des Textes und seine Aussageabsicht erkennen
- sprachliche Besonderheiten (z. B. Sportjargon, Metaphern) erkennen und ihre Funktion erläutern können

Lehrform: entwickelnd – erörternd oder arbeitsteiliger Gruppenunterricht

Lernschritte:

1. Lektüre und gegebenenfalls Textgliederung und Inhaltsangabe (kann auch bereits als Hausaufgabe gestellt werden)
2. Herausarbeiten der Doppeldeutigkeit des Titels
3. Herausarbeiten der Verschränkung zweier Geschehensebenen
4. Herausarbeiten von Zeitraffung und Zeitdehnung und Erläuterung des Terminus „erzählte Zeit“
5. Herausarbeiten der Ursachen für den „Weg hinaus“
6. Herausarbeiten und Erläutern sprachlicher Besonderheiten (z. B. Sportjargon, Metapher)
7. Überprüfen, ob dieser Text als Kurzgeschichte bezeichnet werden kann

Tafelanschrift

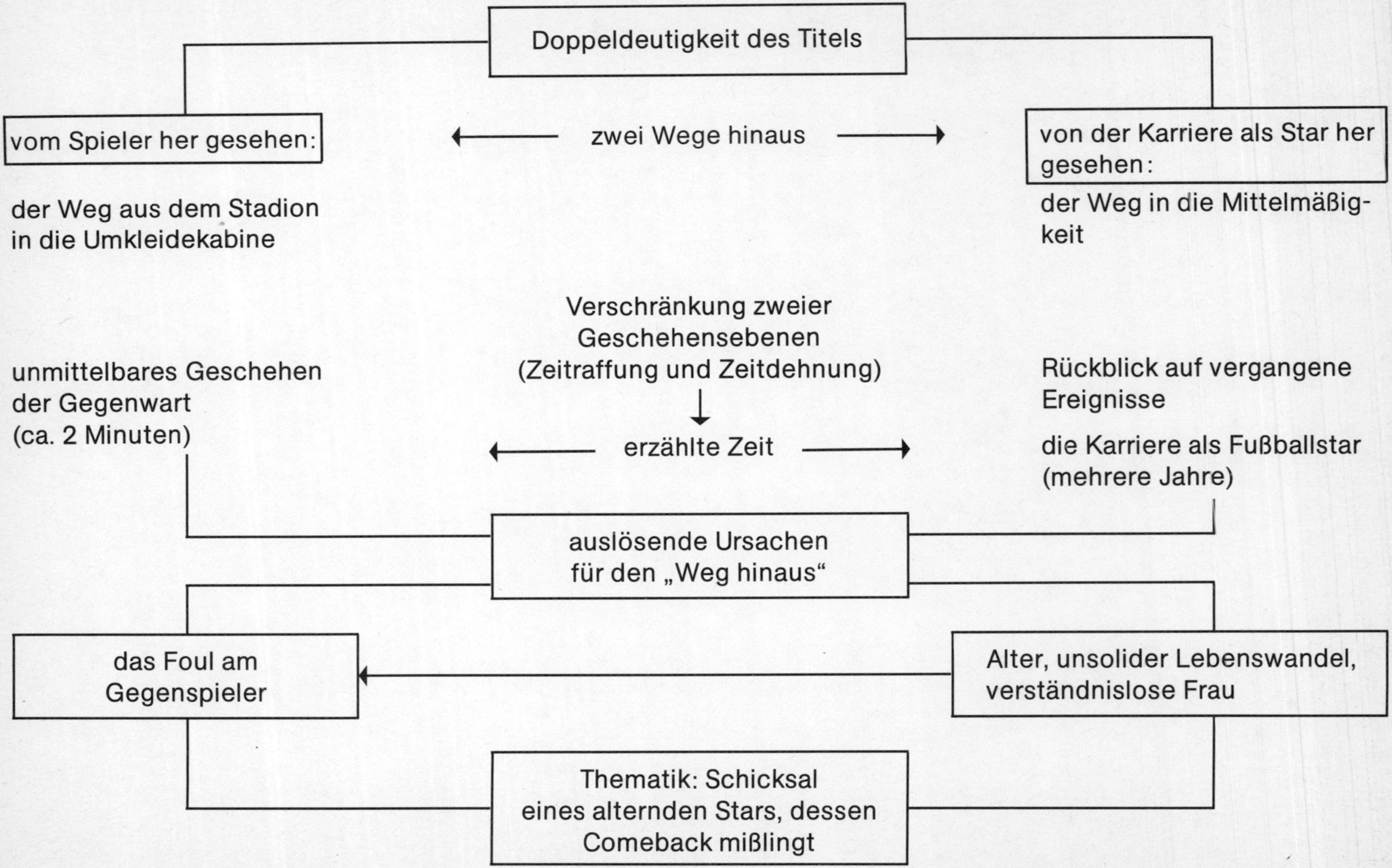

8. Stunde:
Herbert Eisenreich, Der Weg hinaus (Fortsetzung)

Tafelanschrift

Schachtelung des Erzählvorgangs

unmittelbares
Geschehen der Gegenwart

Reflexionsebene, die wieder
gegliedert werden kann in:

a) Erinnerung an das vorausgegangene Spielgeschehen
b) Erinnerung an die vergangene Karriere als Fußballstar

unmittelbares
Geschehen der Gegenwart

assoziative Koppelung dieser verschiedenen Ebenen

Zeitdehnung

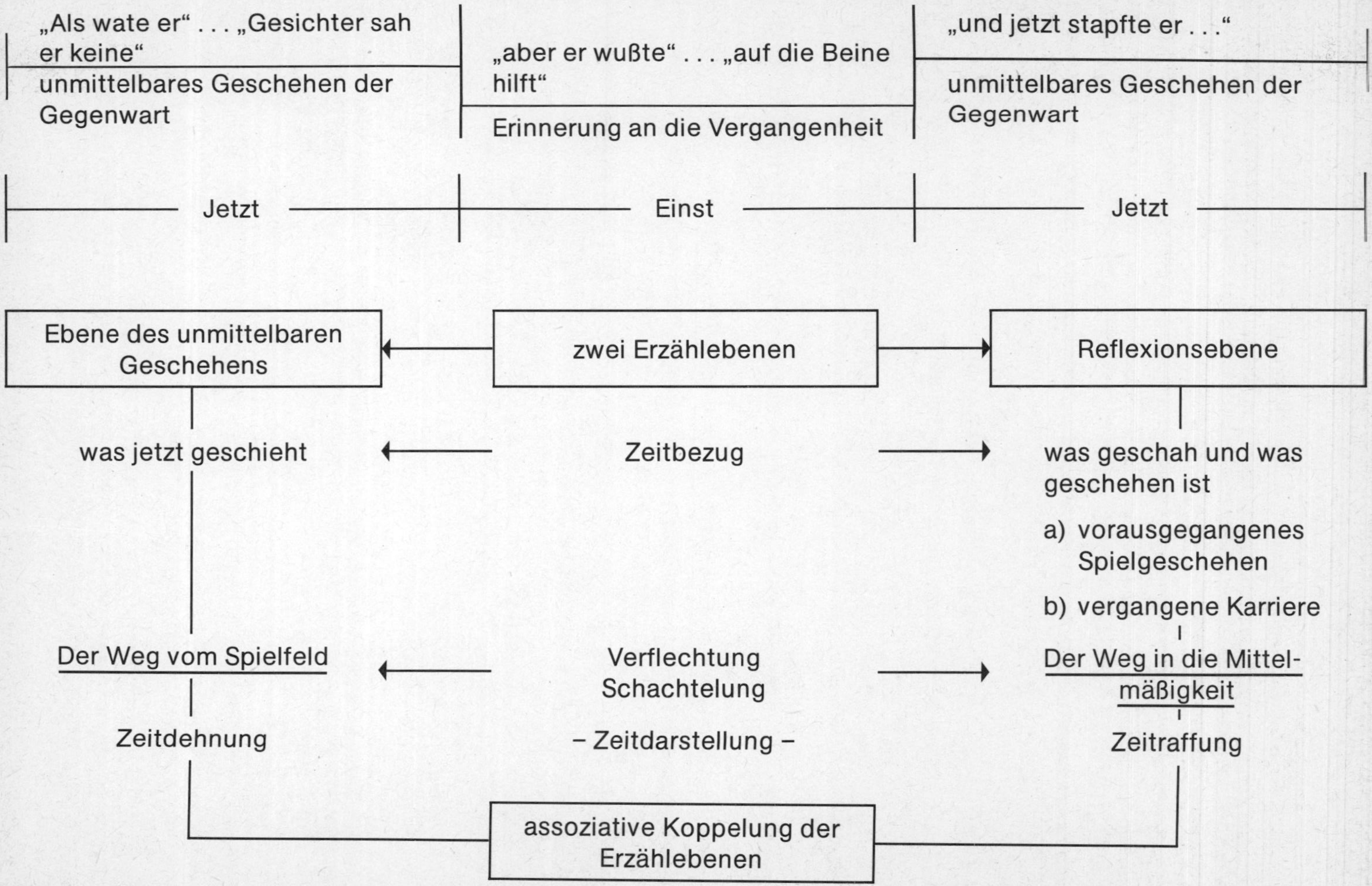

Beilage zu 92738